寻找唯一的真相

现代推理馆 | 誉田哲也

感染游戏

〔日〕誉田哲也 著
颜尚吟 丁楠——译

中国出版集团
现代出版社

目录

一 感染游戏

前妻打来电话，目的和以往一样，还是为了钱。

“真的很便宜哪，不是什么好车子。”

电话那头毫不在乎的语气让人越发地火大。拜托，我这边可正满头大汗地在毒日头底下上班啊。

“等一下，你的车子不是前几天刚修好了？怎么回事？”

“哎呀，已经把它报废了，那个车子很旧了呀！”

就在半年前，这个女人以独生女未希要上预备校为由，要求前夫胜俣增加赡养费。当时，胜俣答应了她的要求，按约定每个月多支付三万五千日元。可是，女儿上了预备校之后，那个女人又提出女儿放学太晚，自己不放心，想让胜俣给女儿买一部新上市的、能保证女儿安全的手机。接着，又说她们住的公寓太破旧，要搬家。刚搬完了家，车子就蹭到了公寓楼的门柱，车子和门柱的修理费都要找胜俣报销。这也就是上个月底刚发生的事情。

然而，今天居然又提出要胜俣出钱给她买二手车。

“喂，既然这样那上次干吗还要修车？你这个浑蛋！要用钱你自己挣去！要是再提这种无聊的事情，看我不勒死你！别再打来了，你这个蠢婆娘！”

前妻还在电话那头叫喊着什么，胜俣毫不犹豫地按下了挂断键。

反正那个女人最后还是会把账单寄到他这里，现在说再多也是白搭，不如赶紧挂电话。

“蠢婆娘？谁啊？”

已经和胜俣搭档工作四天的东京湾岸警署的警长一边走一边小声问道。

“年轻人，不要偷听别人打电话啊。”

“这话就没道理喽，你自己讲得那么大声，我不想听也得听啊。再说了，什么勒死你……虽然不知道是什么情况，但是你一个警察至少不应该大大咧咧地在大马路上讲这种话吧。”

此时，两人正经过有明网球森林公园旁边的顶级高层住宅。时间是工作日的午后三点，胜俣当然是在确认过四周没有行人的情况下才在电话里说出那样的话。

“给我闭嘴，卷毛！我负担她那么多没来由的账单，偶尔骂一两句都不行吗？！”

“还有，别再叫我卷毛了，这样很不礼貌吧，你这样叫简直就是跟全国的卷发人士为敌啊。”

“嘀，我怕这个吗？秃头、肥猪、戴假发的、狐臭的都一起来啊，看我不把他们一网打尽！顺便告诉你，我自己是汗脚哟。”

对了，而且还有脚气。

胜俣稍稍提前结束了自己负责的相关询问工作，因为他还想独自去一趟世田谷分局确认一点事情。卷毛在半路上就被他打发了，胜俣给他塞了一点钱，让他去点播影厅打发时间。他到底有没有去，胜俣就不清楚了。

到达世田谷分局时，刚过傍晚六点。

胜俣坐电梯到五楼，沿着积灰的走廊往里走，走廊尽头的会议室大门敞开着，门边贴着写有“三轩茶室公司理事遇刺案件特别搜查本部”的字条。

“喂，我来喽！”胜俣打了个招呼，径直走进会议室。

可能是因为时间还早，会议室里冷冷清清的。不过，胜俣一眼就看到自己要找的女主任已经回来了。

对方也马上注意到了胜俣。她那鲜艳的红唇低声嘟囔道：“顽胜……”

嗬，竟然敢叫前辈的外号，胆子还真不小。这完全是在挑衅嘛。

“喂，姬川，你最喜欢的夏天又来喽！”

这个女人曾在十七岁的夏天遭人强暴，不过，现在似乎已经对她没什么影响了。

“请问你有什么事吗？这里不缺人手哦。”

“不是跟你说过注意一下你的说话方式吗？！已经三十出头了吧？别像个小姑娘似的咿咿呀呀叫唤个没完……话说，你们领导呢？”

“还没从本部回来。”

那真是再好不过了。

“那就没办法喽，你在就行了，资料给我看一下。”

“啊？凭什么？”

“少废话。行了，乖乖拿出来吧。又不是要看你的脏内裤和‘飞机场’！快把案件的搜查资料拿给我看！”

虽然会议室里人不多，但周围还是有五六个男搜查员。姬川知道继续跟胜俣对峙下去对自己没什么好处，于是她打开放在旁边位子上的皮包翻找起来。那是一只绿色的大包，看不出价格高低，容量大得惊人。

接着，她又从包里拿出一个不知是否为名牌、看起来很高级的皮面资料夹。

“不能给你看全部，只能看初步的资料。”

“只有开头一点哟，你还是这么小气啊。行了，快打开，摊开来让我看。”

姬川叹了一口气，摇摇头，翻开资料夹。

翻开封皮，第一页是遇害男子的大头照，再翻一页，是鉴识人员拍摄的案件现场照片。胜俣仔仔细细地查看着。

果然，一切都跟我想的一样。

“十五年了啊，简直让人想夸一句，还真是会逃啊！”

话音刚落，姬川立马紧盯着这边。这是胜俣故意投出的诱饵，姬川作为一名刑警当然会紧追不放。

“你说的十五年是指……”

“没什么意思，十五年嘛，就是五年的三倍喽。”

姬川皱起眉头，两道秀眉修理得整齐有型。

“十五年是五年的三倍，也可以是比九年长六年，这我也知道，但我想问的不是这些，我想问的是胜俣主任你知不知道被害人过去十五年间的相关线索？”

没错。这才是提问的正确方式。

“嗯……我知道啊。话说，我虽然不知道凶手是谁，但作案动机还是基本能猜到的。”

闻言，姬川探过身来，眼神咄咄逼人，似乎在说“请告诉我！”

行吧，偶尔向这种小姑娘卖个人情也没什么不好。

要说十五年前，那时候胜俣还没有从刑事部调到公安部。

那起杀人案同样发生在世田谷区，不过属于成城分局的管辖范围。案件的发生日期是十五年前的六月二十四日，星期四。案发次日的早上，胜俣加入设立在成城分局的搜查本部。

“好过分啊……一个帅哥就这么毁了。”

被害人的名字叫长塚淳，二十五岁。根据生前的照片来看是一个帅气的男子，但是案发现场照片中的他简直惨不忍睹。胸口、腹部、背部等共计九处刀伤，血肉模糊。而且，有一道长伤口从额头划到右眼，可能是扭打时划伤的。并且，由于死者仰躺在地，口眼半张着，十分失态。

根据与照片同时提供的资料显示，被害人是东京大学毕业，生前任职于大型制药公司“滨中药品”，所属的部门是环保部。未婚。家庭成员只有父亲长塚利一一人。家务方面的事情都交给每周上门两次的钟点工，也不知该说是幸运还是不幸，案发当晚，钟点工提前完成工作后离开了，所以没有目击案件发生。

“好，会议开始。”

主持会议的是凶杀班四系长桥爪警部。

“起立。”

喊口令的是胜俣。搜查员四十余人齐刷刷地站起来。

“敬礼……礼毕。”

首先，由搜查本部的警员向大家介绍案件经过。

“被害人于昨晚十点半左右回到位于世田谷区南乌山二丁目十七 -X 的家中，很快就被凶手叫出来，在自家玄关前遇刺身亡。”

胜俣提问“为什么现在这么快就能确定死者是‘很快’被叫出来的”，通讯员的回答是，“被害人脚上已经换好拖鞋，但身上还穿着西装，并且，公文包也还放在客厅沙发的一角。也就是说，被害人从公司回到家中后，还没来得及换衣服就有人上门来找，然后他穿着拖鞋走到门口，随即遇害身亡，大概就是这样一个过程。”

“死亡原因是失血过多。凶器是一把约十七厘米长的菜刀。被害人从左开门的玄关门探出身后，立刻遭到凶手的背后一刀。然后，被害人朝门外倒下，又被连刺几刀，最终身亡。被发现时，被害人倒在关闭的门边。……第一发现者是晚上十一点十分左右回到家的被害人父亲长塚利一，今年六十二岁，是特殊法人‘工伤设施事业团’的理事。经长塚利一确认，家里并无翻动的痕迹，也没有其他异常情况。另外，大家也知道，昨晚的大雨一直持续到今天凌晨三点左右，所以目前尚未能从现场周边采集到脚印和指纹。”

胜俣脑中又冒出一个疑问，于是再次举手提问。

“那个……既然是把家里的被害人叫出来，那门铃上会不会留有凶手的指纹呢？”

桥爪弯腰翻找资料，挺了挺眼镜，皱起眉头。

“相关报告……并没有找到。”

也就是说，凶手当时戴着手套或采取了其他避免留下指纹的措施。那么，是计划杀人？从住宅内没有翻动痕迹这一点来看，作案动机很有可能是仇杀。

胜俣与成城分局刑事课的警长一起负责被害人工作单位的相关人员问话。对于这种凶杀案，查看现场是最重要的一环，但是这样的工作安排也没有办法，只好改天抽空私自前往。

在滨中药品环保部，二人主要打听了同事对于长塚淳的评价。

首先问话的是比长塚早两年进公司的前辈男同事。

“我们这个部门主要负责监测公司的工厂有没有对周边环境造成污染，还有视察新的工厂选址之类的……不过嘛，最近的新工厂大多数都开在国外，所以长塚主要负责国外的项目的调查。虽说是国外的项目，他的工作主要是帮助公司和当地员工进行沟通，不用真的跑去国外出差。”

简而言之就是专门负责接听国际电话的人。怎么看都不像是会招致杀身之祸的工作。

“交友关系怎么样？是经常和同事出去喝酒的那种人吗？”

“嗯，经常跟同事一起吃饭，顺便喝一杯。几乎每晚都是这样吧……记得听他说起过，他的母亲去世了，所以雇了一个钟点工每周来两次，周末和任意一个工作日。然后，他好像只在钟点工来家里做家务的那天回家吃晚饭。”

这个男同事列出几个经常和长塚一起吃饭的人的名字，那些人也都被叫来接受问话。其中，有一个进公司以来一直和被害人有往来的同部门男同事，提供了一些让人感兴趣的线索。由于两个人关系不错，所以他的难过程度要大过其他任何一个同事。

“那家伙只把他女朋友带来过一次和我们一起喝酒……那是今年年初吧，天气还挺冷的时候，那时候他的女朋友应该还没有上班……最近，听他抱怨过女朋友上班后经常工作到很晚，工作日忙得连打电话的时间都没有……”

今年才刚开始工作，由此可以推测长塚的女朋友大概二十二岁，如果是短期大学毕业的话那就是二十岁左右。

“这么说，应该是长塚大学时代就开始交往的喽？”

“嗯。”对方点点头。也就是说，长塚的女朋友也是东京大学毕业的，如果中途没有复读或留级，那么年龄应该是二十二岁。被害人今年二十五岁，两人的年龄差距正好。

询问后得知，长塚女朋友的名字叫 keiko，只知道发音，不知道怎么写，也不知道她的姓氏。不要紧，向长塚学生时代的朋友打听一下应该就能问出来。或者，如果已经见过家长，那么长塚利一或许也知道她叫什么名字。

忽然，胜俣脑中闪过一个不太厚道的问题。

“长塚先生最近有没有提起过跟 keiko 交往不顺之类的事情？”

“没有。”对方摇头否认。

“哦，这样……”

表面上看是交往顺利的情侣，但真实情况就不得而知了。由女方的怨恨引起情杀这种可能尚不能彻底排除。

同时，负责司法解剖的法医给出的鉴定报告表明，凶手的下手力道并没有大到可以排除系女性作案的程度。真是一个微妙的说法。

三四天后，关于被害人女朋友的信息也收集到不少。

森尾敬子，确实毕业于东京大学，今年二十二岁。目前在一家大型出版社工作。从照片来看，长相还算可以。

另外，胜俣自己还从滨中药品的女职员口中打听到了有趣的情报。被害人在五月的连休假期间，曾单独约其他部门的女同事一起去看电影。

莫非是因为情感纠葛引发的情杀？搜查本部的人一时兴奋起来。但是，他们很快就发现这条线索走不通。因为，事后得到确认，案发当晚，该女子正在大阪出差，凶手行凶的时候，她正在大阪的分社开会。

另外，森尾敬子很快也被判定无罪。

案发当晚，森尾正在单位里忙着校稿。对于这一点，有两名以上同事可以做证。同时，前台的监视器也清楚地拍到了森尾敬子在晚上十二点后离开单位的身影，可以说有完美的不在场证明。

搜查工作已经持续将近一周，但是似乎并无进展，胜俣也不禁感到焦躁。

“看来不是跟女人有关啊。”

“是、是吧。”

特搜本部的搜查员们习惯在晚间会议结束后留下来享用警察局提供的便当或小菜，并且喝点酒。胜俣也不例外，最近这一周他都没有回家，每天都和搜查员们一起喝酒到深夜，聊聊关于案子的事情。

话说，有一次胜俣的前妻打来电话，让他去参加叔叔的葬礼。胜俣怕直接拒绝的话又要被前妻追问，直接说了一句“我去了他也不会活过来啊”。前妻在电话那头骂他不是人，胜俣应了一句“没错”就挂了电话。

一想起这件事，胜俣嘴里的酒也变得不好喝了，有没有好吃一点的下酒菜啊？

于是，胜俣四下里打量了一圈。怎么回事嘛，搜查员们几乎都围拢在上座左边的电视机前。现在这个时间应该正在播放新闻节目，莫非在报道和这次案件有关的消息？

胜俣端起啤酒杯，走到电视机前。

一看，果然不出所料，电视里正在播放长塚淳的葬礼画面。

地点是世田谷区的殡仪馆，森尾敬子也出席了长塚淳的葬礼。森尾算是有几分姿色，痛哭的表情又是电视新闻记者最喜欢捕捉的画面。有人默默地转台，但在另一个频道出现的还是森尾哭泣的面容。

现场记者把案件经过介绍一遍后，开始采访参加葬礼的人。虽然没有拍到脸，但是听声音就知道接受采访的人正是敬子。

“他这个人非常诚实……从学生时代开始就有领导能力……为什么会遭到这样的毒手……”

谁管你诚实不诚实，谁管你是不是领导，别人想杀你的时候你就得死。胜俣心里这样想到。不过，看在敬子还算是个美女的分儿上，他总算把嘲笑的话吞回到肚里子。

美女多好啊，要是个年轻的美女就更好了。

搜查工作已经进行到第八天。

傍晚，胜俣正打算提前回去写报告书的草稿，听到总部的联络处接到一个电话。

胜俣转头一看，只见接电话的桥爪不住地点头，嘴里应着“这样，这样啊”，面有喜色，似乎收到了什么好消息。

胜俣起身走向联络处。

桥爪也放下听筒，转向胜俣。

“是科搜研打来的，说是从被害人的衣服上发现了指纹，应该就是凶手的。”

“什么？”胜俣故意挑起一边的眉毛，但是桥爪似乎并没有察觉，仍旧是一脸得意的表情。

看来，不直说他是不会明白了。

“为什么直到现在才查出指纹？”

明知自己的语气不太对，但是面对桥爪，胜俣总是客气不起来。

“嗯？这个嘛……大概是把被害人的衣服烘干后，用尽各种办法才发现的吧。好像是从纽扣还是腰带之类的地方找到的。”

“所以呀……”

真相恐怕并非如此。胜俣觉得事实是科搜研的人并没有第一时间查找指纹。桥爪这个人特别擅长拍上司马屁，常常遭到那些实干派们的白眼。所以，这种时候，他常常对等级差不多的同事态度冷淡，是典型的对上阿谀奉承，对下欺负碾压的那类人。

但是，现在说这些也没有用。

“而且，查出来的指纹并没有前科记录。从指纹的大小来看，凶手应该是男性。”

那现在应该怎么办？采集相关人员的指纹然后进行比对吗？这种情况下，怎样圈定关系人的范围呢？

正在讨论这个问题的时候，同系中负责地域侦查的市村警长冲进了会议室。

“系长，目、目击线索查到了！”

怎么回事，线索要么不来，来起来就没完了。

周围的搜查员们也凑了过来。

市村调整呼吸，翻开笔记本，开始报告。

“案发当晚接近十点的时候，有一个身高约160厘米的年长瘦小男子在被害人住所附近徘徊，这是住在附近公寓里的学生的证词。据说，那个男子还在被害人的家门口鬼鬼祟祟地向内张望。”

“年长大概是指几岁？”

“50多岁到70多岁吧。”

如果从学生的角度来看，只要不是老得走不动路，其他的只要是50岁以上在他们看来估计都差不多。

桥爪也皱起眉头。

“穿着呢？”

“撑着一把黑色的雨伞，穿着一件黑色的尼龙防风外套，拉链一直拉到顶，还戴着风帽。那个学生觉得有点奇怪，下着雨，天气又这么热，还出来慢跑吗？就算是慢跑，带着雨伞也太奇怪了……”

“长相呢？”

“是这样的。那个学生经过被害人住所门口的时候，男子抬起伞，两人打了个照面，学生看到了他的长相。那个人仔细打量学生的脸，似乎要确认他的长相。”

“那个学生对男子的长相记得够清楚吗？能不能帮我们画一张肖像？”

“他说现在记得还比较清楚。”

“好。”桥爪一拍桌子。

胜俣偷偷咂舌。

果然还是应该逼他们让我负责现场的调查工作。

次日上午，警方迅速请目击者来配合制作嫌疑人的肖像。

“感觉……眼睛好像还要再小一点。”

“这样吗？”

“不，眼神没有那么锐利。”

“再小一点，但是没那么锐利……那就是有点下垂的感觉？”

“嗯，是吧。对，就是这个感觉。”

最后完成的肖像画是一张无精打采的类似猴子的脸。由于戴着风帽无法确定发型，总部鉴识课的肖像画师适当地发挥了一下，分别画了一张大背头和秃头的造型。

然而，令人头疼的是，每一个搜查员看过这两张猴子似的肖像画之后都是摇摇头，没有一个人见过类似长相的人。

从第九天开始，每个搜查员都带上肖像画的复印件，对之前调查过的人员进行再次确认。和画中人年纪相仿的被害人的父亲长塚利一也接受了调查，但是他表示完全没有见过肖像画里的人。

胜俣当然也对滨中药品的职员做了确认。公司内部的职员自然不必说，就连各地的工厂、客户单位、竞争对手公司、退休员工都一一确认过，并没有找到长相类似的人。那张脸并没有什么特殊，就算是误认也不要紧，并不是一有人指认就立刻逮捕的，只要有人说出“长得有点像某某”这样的话就够了。哪怕只有很少的相似之处，也多多提供线索啊——

胜俣已经尽可能地摆出一副谦恭的态度进行问话，没想到那些人却没有什么反应。他们的冷漠反应甚至让胜俣开始怀疑肖像画上的人或许根本与本案无关。

不，如果因为这点挫折就放弃线索，那根本就破不了案。事情没有进展的时候，需要把脑子重启一下。

从滨中药品出来的时候，胜俣告诉同行的警长，自己顺便去现场看一下再回去。对方微微一鞠躬，说：“我陪您一起去。”

长塚家的房子虽然已经有点年头，但是造得很气派。站在门口的路上抬头一看，发现二楼的窗户全部敞开着，估计是钟点工在打扫卫生。

胜俣抬抬下巴，示意搭档进去。要是钟点工察觉到动静后下楼查看也没关系，要是不打照面也完全没问题。

他们推开小门，走进院子，首先映入眼帘的是一个小池塘。石子小路一直延伸到右侧的玄关。围墙内侧密密地种着一排约有一米半高的树，树叶与杜鹃有点类似，但不能确定到底是什么树种。

两人走到凶杀案的发生现场——玄关门口。被害人长塚淳就是以右侧身体先倾倒的姿势倒在玄关门廊上的。当时，他身穿一套灰色西装，白衬衫被鲜血染成红色，左脚的拖鞋甩出去约一米远，右脚的拖鞋勉强挂在脚尖上。

门铃安装在门的左侧，按响门铃后发出的是再简单普通不过的“叮咚”声。这时，胜俣脑中不禁冒出一个疑问。

凶手在被害人的衣服上留下了指纹，但是，门铃按钮上为什么没有留下任何指纹？如果是相反的情况——被雨淋湿的衣服上查不出指纹，从屋檐下的门铃按钮上查出指纹，这样就比较合理。但是，现在事实却正好相反。这到底是怎么一回事？难道凶手只在按门铃的时候注意用手帕之类的物品遮挡一下指纹，之后又徒手攻击被害人？太蠢了，逻辑上根本讲不通嘛。不管怎样，前后的矛盾太大了。

“主任……”

看到搭档指着自己的胸口，胜俣这才意识到胸前口袋里的手机响了。现在用的这只手机铃声太小，经常听不到。

“嗯，喂？”

“是我，桥爪。那个……凶手来这里自首了。”

喂，开什么玩笑？！

胜俣急匆匆地赶回成城分局，但是他没有直奔特搜部所在的五楼，而是在刑事课所在的三楼下了电梯。既然凶手是来自首的，想必会被带到刑事课的审问室问话。话说，在搜查机关已经认定案情并查出指纹的情况下，就算罪犯主动到案，也不能算作自首，也别指望能够减刑，至多就是看罪犯的反省程度酌情考量。

“我来晚了。”

胜俣一脚迈进刑事课的门，坐在课长座位旁接待沙发里的桥爪立刻转过头来。他正在和分局的局长、副局长和刑事课长一起喝茶。

“哎哟，是顽胜啊。”

“哎哟”什么“哎哟”，这个蠢蛋。

“系长，你在这里干吗呢？”

“干吗？在等你呀。”

“等我干吗，赶紧讯问凶手就行了啊。”

胜俣无暇顾及分局长讶异的目光。

“不是……那个人只说自己就是杀死长塚淳的人，问他名字和其他信息，一概不回答。看起来是个难缠的老头儿，我不想贸然出手，想着还是等你来办比较好，所以已经把他交给这里的主任带到审问室去了。”

桥爪一脸的理直气壮，似乎认为自己做了一个非常正确的决定。算了，对于你这种人，已经指望不上什么了。

“长相呢？跟肖像画像不像？”

“几乎一模一样，不过是个秃头。”

你自己脑袋上的毛也已经所剩无几了啊。

“指纹呢？”

“也是一致的。接下来只要你能让他认罪，这案子就可以了结了。”

胜俣扔下一句话让桥爪准备好逮捕令，自己带着搭档往位于巡警部门一角的审问室走去。

他敲了敲审问室薄薄的门，里面传来略带惊讶的回应声：“谁？”

“是一课的胜俣。”

门马上打开了，三十岁左右的巡查部长从门缝里探出头。

“换班了，罪犯由我来审问。”

“好的。”

巡查部长离开审问室，胜俣和搭档两人走了进去。

狭小的审问室只有5平方米左右，中间放着一张钢桌，桌子另一侧坐着的就是几乎和肖像画一模一样的男人，长着一张猴子似的脸。

搭档坐在门边的钢管椅上，胜俣则坐在男子的正对面。其间，男子只是抬头瞥了胜俣一眼，仍旧菩萨似的一动不动。

“我是警视厅搜查一课的胜俣。现在开始由我负责调查，请你配合我的工作。”

男子的视线一直停留在胜俣的领带附近。

“首先，请告诉我你的名字。”

没有反应。男子一动也不动，如果不是屏息细听，甚至会怀疑他是不是还在呼吸。

“我说你啊，就算跑来自首说杀了长塚淳，如果连身份都不表明，那完全没有用啊。还有，你一个老头子为什么想杀掉长塚那样的年轻人？搞不好你反而会被他打一顿，甚至被夺走凶器、丢了性命吧？这种情况，你就一点都没考虑过？”

男子的口中似乎积攒了不少唾液，喉结轻微地上下滑动着。

“我觉得你呢，并不是偶然经过长塚家时突然动了杀人的念头。

动手之前，你就在长塚家附近徘徊，撑着伞，穿着雨衣之类的东西，还戴着风帽，我说，你在家里的时候就已经全部准备好了吧？雨衣、雨伞、凶器之类的。由此可见，你有多恨被害人。”

这个上了年纪的男人杀死了一个几乎可以当自己儿子的年轻人。假使这个男人有一个女儿被长塚强暴了，那么这种怨恨还可以理解一点。

“你……有孩子吗？”

终于有反应了，男子的视线一下子往上抬了几毫米。

“别看我这副样子……当然了，也不知道你是怎么看我的。我好歹也有一个女儿，是去年出生的。年近四十了，还是第一个孩子。可怜我的女儿长得像我，太丑了……不过，像我老婆的话估计也好不到哪里去。”

男子再次垂下眼睛，看来对这个话题不感兴趣。或者说，是不敢正视警察。

“可是，怎么说呢，就算再丑再笨，自己生的小孩总还是疼爱的。你看啊，不是还有人因为喜欢斗牛犬和猪就养在家里嘛。比起那些宠物来，我的女儿至少还是一个人，那可强多了。我偶尔也会觉得女儿很可爱啊，虽然并不是常常这样想。”

说着说着，胜俣自己都感到不好意思起来。

行了，换个话题吧。

胜俣又试着抛出各种话头，可是，那个小老头儿着实难对付，完全没有要接过话头的意思。就这样，四十八小时很快过去，到了不得不把嫌疑犯移送到检察署的时候。

移送检方的手续很复杂，胜俣全部交给桥爪去办了。反正嫌疑犯什么都没有交代，不管是胜俣还是别人来审问都是一样的结果。尽管如此，目前已经有自供、指纹和肖像画三条重要证据，检方应该会允许警方羁押他十天。

因此，胜俣也有更多的时间展开调查。于是，送走嫌疑犯之后，他立马坐出租车离开分局，想再次去长塚家查看一番。他没有告诉任何人自己的行踪，所以他的搭档这时可能正在分局里到处找他。

到了长塚家一看，外部可见的窗户全都紧闭着，看来今天钟点工没有上门。窗帘也拉得严严实实，看来长塚利一可能也不在家。胜俣在大门边打量了一番，没有看到门铃之类的呼叫装置，这种设计太不方便了。

没办法，胜俣只好从门的上方伸进手，拨开插销，擅自走进院子。要是回头被钟点工抱怨，只要找个“门本来就开着”之类的借口敷衍一下就行。

胜俣再次走到玄关前查看。但是与上回不同，这次，嫌疑人的形象已经鲜明地印在胜俣脑中，行凶的场景也可以在脑中模拟重现。

大雨中，嫌疑人从围墙外偷窥着长塚家的状况，或者是从大门外偷窥院子里的动静。过了一会儿，长塚淳回来了。嫌疑人埋伏的地点可能稍微有点距离，一眨眼的工夫，长塚淳就进到了家中。

嫌疑人——那个无精打采的小老头儿有点犹豫。糟了，让他进去了，可恶，接下来该怎么办？犹豫来犹豫去，最终下定决心，擅自闯入长塚家的院子。也没有必要翻过院子的门，可能就是和胜俣刚才的办法一样，悄悄地打开插销，进入院子，慢慢地向案发现场靠近。

然后，按响门铃——

没错，可疑的点就在这里。门铃的按钮上并没有留下嫌疑人的指纹。假设他没有按门铃，那又是用什么办法把已经进入家中的长塚淳叫出来的呢？直接把他喊出来？怎么可能？没有人会蠢到直接把自己要杀害的对象喊出来。就算有这样的人，也不可能出现在本案中。因为，长塚家明明已经安装了门铃。那么，嫌疑人的确是在按门铃的时候注意掩盖指纹，在行凶的时候又一时疏忽了？

怎样想都想不通。

退一步讲，假设嫌疑人确实按过门铃，那么他也无法保证出来应门的一定是刚刚回到家中的长塚淳，因为这栋房子怎么看都不像是一个二十五岁的单身男青年独居的住所。嫌疑人应该能够察觉到这一点。那么，他就没有考虑过有可能是长塚淳的家人出来应门的可能性吗？

等一下，如果在长塚淳回家前，家里的灯全部都是暗的，那么嫌疑人就能凭此判断之前家里没有人。由此也可以确定再次出来应门的必定是长塚淳。

胜俣后退几步，仔细观察整栋房子，突然注意到一个细节。每一扇窗的旁边都有一个收纳防雨板的板窗箱，而案发当晚正下着瓢泼大雨——

正想到这里，只听身后传来怯生生的声音："请问……您是谁？"

胜俣回头一看，只见身后站着一个胖胖的中年妇女。虽然之前听说过这个人，但是见面还是第一次。没错，她就是长塚家的钟点工铃木良江。

“不好意思，我是警视厅的人。看到门开着就进来了，不过长塚先生好像不在家啊。”胜俣一边出示警官证，一边说道。

“啊，原来是刑警先生。”女子似乎松了一口气，把手搭在胸口。虽然两人之间的距离超过一米，但胜俣还是无意中注意到了对方丰满的胸部。

对了，来得正好。

“嗯……有件事情想请教一下，案发当晚，雨下得很大，那天晚上你是不是把防雨板都放下来了？”

铃木良江若无其事地点点头：“是呀。”

“因为收到了大雨警报，所以我把二楼和其他能放下的防雨板都放下了。又怕淳少爷回来的时候家里太暗，特意给他在一楼留了几盏灯，然后我就回去了。”

原来如此。这样一来，即使是长塚淳本人从外部也无法判断家中是否有人。

“还有一个问题，长塚淳先生事先知道当晚父亲会晚归或者你会提早回去吗？”

铃木良江面带困惑：“这我就不清楚了……”

“老爷回家的时间不太固定，我想少爷应该是不知道的。我是看到电视节目里说马上要下暴雨了才决定早点回家的，所以淳少爷应该也不会提前知道。不过，我在餐桌上留了字条，说自己早一步回去了。可能淳少爷刚进门的时候会以为我还在吧。”

原来如此。

长塚淳回家时并不知道家里没有人。同样，在外暗中观察的嫌疑人也多半无法确定按响门铃后来应门的会是谁。

这样一来，或许应该从头开始重新推导整个案件的始末了。

从目前掌握的情况来看，长塚淳似乎并没有同人结怨。至少，特搜总部还没有发现相关的线索。

可是，是不是可以换个角度思考。

嫌疑人的真正目标其实并非长塚淳。也就是说，他想杀的人其实是长塚利一。当然，目标是铃木良江的可能性也并不为零，但是她就独居在距离长塚家一公里远的公寓里，如果想要杀她，直接到公寓动手显然成功的概率更高。

没错。嫌疑人用某种方法把长塚利一叫出来，但事实上出现在玄关的是长塚淳。于是，长塚淳被嫌疑人误杀了。

傍晚，胜俣趁机捉住刚回到特搜总部的同系警部补岩田，请对方赏脸到警署外小谈一会儿。天气仍旧暑热难当，不过有风吹过，比白天还是要凉爽一些。

“我说，长塚利一的问话是由你负责的吧？”

“没错，是我……怎么了？”

岩田外表瘦弱，没想到性格倒是十分刚强。如果遇到必要的情况，甚至可能会和胜俣对着干。其实，胜俣暗地里对岩田的评价不错，认为他是年轻警察中比较有出息的一个。只要他不多管闲事，胜俣也不会故意刁难他。

“那家伙现在在哪个单位工作？”

“这个……”

岩田从内袋里掏出笔记本翻找起来。

“嗯……是工伤机构事业团，一种运营医院和康复机构的特殊单位。”

“这之前呢？”

岩田的目光突然变得严峻起来。

“为什么问这个？”

“对他比较感兴趣。”

“和案件有关吗？”

“废话，你觉得我是闲得慌，来问一些跟案件无关的事情吗？”

岩田的目光依旧严峻。

“不愿意回答也没关系，但是你要做好心理准备，我不会善罢甘休的。在我这里，沉默不说的一套是行不通的。”

刑警同事之间不能互相干涉各自的搜查范围。但是，如果干涉了也不会罚薪水或被踢出部门，至多就是被同事讨厌而已。然而，现在的胜俣完全不会在意这些。

头脑聪明的岩田似乎已经洞察这一点。

“明白了……那我们公平一点。我把自己调查到的情况全部告诉你，同样，胜俣主任行动的时候也把我算上，怎么样？”

岩田，你这家伙有点意思呀。

两人转移到附近的一家咖啡馆。马上就要开搜查会议，不过不参加也没有问题，反正没有什么有用的消息。

咖啡馆有两层，胜俣心想二楼应该会比较空一点，正要上楼，被一名女服务员阻止了。

“两位客人，现在还没……”

服务员还没说完，就被胜俣恶狠狠地瞪回去。

“我要坐楼上，一定要。”

服务生老老实实地示意他们“请上楼”。

上楼梯的时候，走在后面的岩田不禁偷笑起来。

“胜俣主任，你这招还真好用。”

“是吧，你也学着点。”

不出所料，二楼一个人都没有。不过，为了慎重起见，两个人还是选择了最靠里侧的座位。不一会儿，另一位女服务员端着水上来。两人点了两杯美式咖啡，女服务员微微一欠身，快速转身离开。

“快把你手头的信息告诉我，就从长塚利一先前的工作单位开始。”

“好的好的。”岩田一边应声一边翻开笔记本。

“嗯，想必你也知道的，长塚利一之前在厚生省工作，是从保健医疗局长的位子上退下来的，四年前开始在工伤机构事业团工作。”

话说，四年前的厚生省……

“正好是药物感染症问题浮出水面的时候啊。”

“嗯，就是那个时候，所以我也对长塚利一的经历很感兴趣，可是，为什么被杀的反而是他的儿子呢？而且，长塚淳在滨中药品上班，并不是销售非加热制剂的绿川制药。我认为他和药物感染症问题没有直接关系，所以没有继续追查下去。”

“可是啊……”

胜俣把自己刚才去长塚家时观察到的问题、从铃木良江处打听到的情况，还有门铃上没有查出指纹的事都告诉了岩田。

岩田瞪大那对长着双眼皮的眼睛。

“也就是说，凶手的真正目标并不是长塚淳，而是长塚利一？！”

就在这时，服务员端上咖啡。

两人待服务员下楼后才继续之前的话题。

“嗯，我觉得这个可能性不低。”

胜俣端起美式咖啡喝了一口，不好喝。

岩田拿起糖包的手停在半空。

“所以呀，厚生省这条线你再挖一挖，我来调查诉讼官司这条线。如果两者确实有关联，报告书上也会署你的名字。”

事情变得越来越有趣了。

第二天，胜俣带着搭档直奔图书馆。被检方送回来的嫌疑人暂时关在拘留所里，无法审问。

“那么，应该调查哪些方面的内容呢？”

这个问题问得合情合理。

“首先，厚生省给非加热制剂颁发许可是在八年前。但是，在之后的三年间，厚生省在意识到以前一直使用的非加热制剂存在风险的情况下，并没有发布召回非加热制剂的命令。再加上一些官员退休后到企业任职，似乎可以看出里面的官商勾结嫌疑……事实上，四年前开始也有一些针对流通非加热制剂的绿川制药和厚生省的诉讼官司。所以呢，你负责调查从八年前到现在为止的诉讼官司，我负责搜索相关的新闻报道。重点是人名，特别是打官司的原告和药物感染症受害者的名字，千万不能漏掉。”

这显然不是一项轻松的工作。但是，实际操作起来才发现，工作量远比想象的要大。

首先，眼睛会很疲劳。

一边浏览新闻报道，一边留意“非加热制剂、药物感染症、厚生省”等关键字，不出三十分钟，眼睛就开始酸疼。胜俣不得不中途请搭档去药店买眼药水。到了下午，睡意袭来，他又派搭档买来薄荷味强劲的口香糖和仁丹。

银箔纸包裹着的仁丹，提神效果显著。

两个人在图书馆整整奋战三天。桥爪抱怨胜俣对讯问的工作不闻不问，被胜俣用一句“那你自己去把真相问出来啊”给堵了回去。之后，胜俣再也没有理睬桥爪。

倒是他和岩田的合作颇为顺畅。关于长塚利一在厚生省的情况，岩田做了很长的口头汇报。由于信息量比较大，胜俣让岩田整理成书面文件，岩田只花了半天时间就完成了任务，的确是一个得力的干将。

胜俣开始调查从新闻报道中收集到的人名。从报社、地方法院和检察院、律师协会，到各地警察分局和地方政府，各种能想到的资源都利用起来，但是一无所获。不过，在拜访第二家报社时，胜俣一下子找到了方向。

在厚生省还没有召回非加热制剂的这段时间，因使用这些药物导致感染病毒，最终死于肝炎或免疫缺陷症（艾滋病）的患者共三人。

筱木忠晴，终年三十二岁。

菊地宪二，终年四十一岁。

住吉明，终年二十七岁。

“但是……”接待胜俣的朝阳报社会部部长还提供了一些令人更感兴趣的信息。

“除此之外，还有一名女性患者受不了感染艾滋病的打击，自杀了。当时，大家都认为那种病只会通过唾液或性交途径传播，那位女患者大概是无法接受世人和朋友的异样目光，选择了自杀。”

那名女性患者的名字叫大友麻由，终年二十一岁。

胜俣对包括大友麻由在内的四名死者的家属情况展开调查。

搜查工作已经进行到第二十天。对于嫌疑人的拘留问题，胜俣并不担心，目前还剩两天的拘留时间，如果延长的话，还能继续拘留十天。

还是在刑事课的同一间审问室。八天后再次会面，胜俣见嫌疑人似乎瘦了一点，但还不算憔悴，没有必要特别担心他的健康状况和精神状态。

“让你久等了……我们慢慢来好了，反正有的是时间。”

胜俣手边没有带任何资料。他已经反复熟读资料，内容都已经装在脑子里。

“先来报告一下我们了解到的你的个人信息。大友慎治，五十七岁。目前住在东京都墨田区押上三丁目十二号的××，无业，没有家人。自从两年前独生女大友麻由自杀后，一直是独居状态。”

嫌疑人大友慎治双眼紧闭，静静地呼气，似乎有一点紧张。

“七年前，麻由小姐在使用绿川制药售卖的非加热制剂后感染病毒，很快艾滋病发作。一直到前阵子为止，你都在忙着跟厚生省和绿川制药打民事官司，是吧？”

大友数度紧咬牙关，似乎正在忍受某种疼痛。

“终于，东京地检刑事部开始进行搜查工作。就在三个月前，绿川制药的两名董事和原厚生省药事局生物制剂课长志村晴彦遭到逮捕，并被起诉。但是，娱乐节目和周刊杂志就‘只从厚生省带走志村一个人够不够’展开了热烈的讨论，不只是课长级别的，背后应该有更高层的人士在暗中指使这样的舆论占了大头。”

胜俣稍作停顿，暗中观察大友的眼神。见他虽然眼白发黄，但是黑眼珠一点都不混浊，视线一动不动地落在桌子的某一点上。

“有传言黑幕的主使就是长塚利一。当时，长塚利一的职务是厚生省药事局长，也就是被逮捕的志村的上司。舆论都认为他与绿川制药过从很密，还是延迟召回非加热制剂的主谋。但是，不知道长塚使用了什么手段，逃脱了搜查机关的追究，顺利转到工伤机构事业团这种特殊单位任职。如果不是中间发生了一些事情，估计他会到绿川制药担任顾问之类的，但是他也知道那样做的话来自社会的舆论压力太大了，所以先用特殊单位来避人耳目一下。其实，他早已决定来年以特别参与的头衔进入绿川制药工作。”

大友克制地低声呼气，似乎拼命压制着大叫的冲动。

“厚生省的官员明明是散播病毒的主谋，却一边拿着高额的退休金一边成功转到法人或相关业界的企业担任职务，不知你通过什么渠道得知了这个消息，非常愤慨，无法饶恕他们。那些夺走你女儿性命的家伙在等事件冷却，而后继续暗中勾结，其中牵扯到巨大的金钱和权力的关系……于是，你决定把长塚利一彻底干掉。”

沉默许久之后，大友重重地点头。

“你说得没错。”

似乎有一股凝滞的血液一下子开始在大友体内流动起来，他的两颊泛起潮红，愤怒无处发泄。一回想起往事，大友就青筋暴起。

“可是，你的计划失败了。事实上，你并没有杀死长塚利一，而是误杀了他的儿子长塚淳。为什么？为什么你会犯这种错误？”

大友再度开口，下巴微微颤动着。

“那天晚上……我在雨中一边暗中观察长塚家的动静，一边思考应该怎样偷偷进去，或者怎样把长塚叫出来。就在这时，长塚淳突然出现了……”

大友的视线在桌子上游移。

胜俣在脑中模拟长塚淳和大友二人在雨中的街道上对峙的画面。

“他问我有事吗，我一下子不知道该怎么办，但转念就意识到这是一个好机会，于是，我问他：‘你父亲在家吗？我有很重要的事情找他。’他让我稍等一会儿，开门走进家里。我就在门口看着他走进去。玄关里面灯火通明，我在心里确信长塚利一已经回到家里。于是，我穿过大门，走到玄关门口，一下子掏出事先准备好的菜刀，双手握住……”

大友低头看向自己的双手，仿佛手中正握着菜刀。

“很快，玄关内侧传来有人走动的声音，我躲到一边，等到门打开后，我闭着眼从背后把刀刺向出现的人影……但是，我发现惨叫声远比预想的年轻，睁开眼一看，倒在地上的并不是长塚利一，而是……他。”

原来如此。所以，事实上大友根本就没有按门铃。

“他用恐惧的眼神看着我，其实，一瞬间我有点后悔。但是，他已经看到了我的长相，如果逃走的话，肯定很快就会被抓住。我只能选择杀死他，如果杀死了长塚淳，我还有机会再把长塚利一干掉。于是，我下狠心继续刺他，直到断气为止。”

仅从这个杀人场面来讲，简单粗暴的业余犯罪简直让人感到可笑。但是，案件的发生背景却让胜俣这样的人都无法说笑带过。

“你不是想再次等待机会把长塚利一杀掉吗？为什么跑来自首了？”

大友斜斜地抬眼，缓缓叹了一口气。

“是因为电视，我在电视上看到了长塚淳的葬礼画面。”

应该就是胜俣在特搜组里看到的电视画面吧。

“那个电视画面有什么问题吗？”

“参加葬礼的人中有一个女孩子和麻由长得很像，不管是年纪、身高还是眼神，都非常像……看到那个女孩痛哭的样子，我才意识到自己做了一件荒唐的事。”

大友说的那个女孩就是森尾敬子。原来是这么一回事。

“但是不管怎样，他是长塚利一的儿子。厚生省那些和杀人的绿川制药暗中勾结的肮脏官员用从老百姓身上骗来的钱过着舒适自在的生活。长塚的儿子也是用那种钱活下去的一分子，死了也活该……我不停地这样说服自己。可是，一闭上眼睛，脑海中就浮现出那个女孩的脸。”

不知不觉间，大友的眼眶里已经蓄满泪水。

“那个女孩子拼命地哭，简直让人担心会不会哭得昏死过去。我一遍又一遍地回想那个画面，不知不觉间，她的脸变成了麻由的样子，感觉就像是麻由在对我说，你为什么一定要杀他？我再也受不了了，只好放弃继续报复长塚的念头。然后，决定来警察局自首……”

“这样啊。”胜俣赶紧附和道。但是，接下去并不知道该说什么才好。

终于，大友垂下头，小声说了一句“对不起”。

时间还未到中午，但胜俣还是决定结束今天的审问：“今天就先到这里。”

随后，胜俣对大友的住宅进行了搜查。那是一栋拥挤不堪的两层小房子。

凶器菜刀就随意地放在饭厅佛龛前的经桌下面，用白毛巾包裹着。大友行凶时所穿的衣物也在分类垃圾中找到了，和他供述的一致，但是并没有在家里发现黑色防风外套。

整个家整理得井井有条，每一个角落都打扫得一尘不染。一楼是饭厅、厨房和浴室，二楼则是女儿的房间和两间和室，估计其中一间是大友自己的房间，另一间是他和太太的卧室。由于房间里没有床铺，事实上很难确定。

住宅搜查基本完成，收押物品也都搬运到了车上，胜俣再次折返到佛龛前。

那里摆放着大友多年前死去的女儿麻由的照片。作为大友的女儿，长相的确还算可以，但绝非森尾敬子那样的美人。大友说两个人长得像，实在是有点厚脸皮。不过，每个人都偏爱自己的小孩，这也没什么好细究的。

七月二十三日，案件发生整整一个月后，大友慎治因杀害长塚淳的嫌疑被正式起诉。

听完十五年前的案件的梗概，姬川再次眉头紧锁。

“那个……我有一个问题。十五年前企图杀害长塚利一但以失败告终的大友慎治当年遭到了逮捕起诉，那么……有没有可能现在已经出狱了？”

胜俣摇摇头。

“不，大友已经在六年前死于狱中了，死因是蛛网膜下腔出血。”

“那是谁杀死长塚利一的呢？”

没错，十一系姬川班现在正在负责调查的案件就是另有隐情的长塚利一遇害案。

“所以呀，一开始就说了，我不知道凶手是谁。你别天真地抱有期待了！”

说罢，胜俣噘起嘴，目光飘向别处。

“什么，顽胜，你一开始好像不是这么说的呀。”

“开什么玩笑啊，你这个中年妇女！”

真想一拳揍过去。玲子真的很想把自己正义的拳头砸到胜俣那张可恶的臭脸上。

“我说的是虽然不知道凶手是谁，但是大概可以猜到凶手的杀人动机，你这个乡巴佬。”

“嗯，没错没错。那请你告诉我凶手的作案动机。”

“刚才已经说了那么多，你都没听进去吗？”

受不了，简直被气得头晕。莫非是自己上了年纪的缘故？

“听好了，大友坦率地承认了自己杀害长塚淳的犯罪行为。只是有一件事情他始终不肯说。”

“嗯，是什么事情？”

玲子的紧追不放让胜俣心中不爽。

“他是怎样找到长塚家的地址的。”

“啊……”

不要张着嘴巴不动，这副样子看起来很傻。

“就算媒体再怎样没有人性，也不至于把私人住宅的地址登出来。再说，长塚表面上和药物感染事件并无瓜葛，也没有因为民事诉讼而出庭过。虽然肯定也有一部分媒体知道长塚的住址，但是我们一直没有查出到底是谁把信息告诉大友的。不过，换成现在，应该不难查到。”

姬川的表情一下子变得严肃起来。不，应该说是眼神发生了变化。每次一露出那种眼神，就变得与平时判若两人。仿佛被恶魔附体一般，眼睛深处闪烁着诡异的光芒。

“是……用网络查的吗？”声音和语调也变得冷酷无情，真是一个令人毛骨悚然的女人。

“嗯，是的。那毕竟是十五年前的事了，当时网络还没有普及，警方也没有意识到‘电脑通信’会和个人信息泄露联系在一起。”

“当年没有调查过大友的电脑吗？”

胜俣再次摇摇头。

“没有，别提调查了，都不记得他有没有电脑，因为我对电脑压根儿没兴趣。不过，最近也开始偶尔上网看看，上面有不少乱七八糟的东西。什么名人的八卦，普通人之间骂来骂去，围攻某个人，不只这些，还有偷拍照片、真实的尸体照片，甚至还有强奸的视频，根本没有什么隐私可言。这种环境下，要是有人发现附近住着投奔私企悠哉生活的腐败官员，把他的住址和电话甚至露脸的照片放到网上，把他彻底曝光也挺正常的。”

姬川微微点头，表情却十分坚定。她到底是在肯定胜俣的哪一句话呢？按照她的判断思路，很有可能推导出可怕的结论。

“要是现在网上流传的这类信息被大友这样的人看到了，会有什么后果？现在憎恨官员的老百姓可不止几百几千个，几十万几百万的国民一边对这些官员恨得牙痒，一边夜夜守在电视机前……十五年前大友慎治所怀的那种恨意如今正在广大群众中蔓延，不，就像病毒一样，每时每刻都在扩散。”

胜俣想说的话就是这些。

“时代已经变得不一样了，姬川。国民已经开始反攻，官员们一不小心就会被搞死……如果百姓得知某个高官退休后又转到地方上混吃混喝，立刻就会把他揪出来。我想，这样的时代很快就会到来喽。”

而且，这绝非简单的威胁而已。

二 连锁诱导

这已经是八年前的事情。

时间是十二月十四日，晚上十点半。

只是一通电话，却改变了仓田的人生轨迹。

那之前，他像以往一样，正在准备迎接新年的到来。

由于工作原因，他每年都不能过一个像样的圣诞节或新年，但是印在贺年明信片上的全家福照片一定要认真拍一张。他拿出三脚架，选择较长的定时拍摄时间，让妻子和儿子笑一笑。拍出来的照片上，每次都只有他一个人表情严肃，但是并不会因此重新拍一张，而是直接把照片送到照相馆，请店里的人做成明信片。

然而，以后就连这件事都无法完成了——

仓田修二放下电话听筒，轻叹一口气。

接着，他向一脸担心地从旁观察的妻子说明了情况。

英树被警方逮捕，带到神奈川县警川崎分局去了。逮捕他的理由是怀疑他杀害了交往中的女朋友岛田彩香。警视厅警部补的儿子因为杀人的嫌疑遭到逮捕。神奈川县警应该也是掌握了确凿的证据才抓人的，不会出现误伤的情况。打来电话的县警刑事部长的声音听起来十分平静，透着几分对仓田的同情。

“我去一趟本部。”

仓田只留下一句话就出门了。

妻子一屁股跌坐在地上，双手捂脸，一句话都说不出来。

仓田本以为在听完案件的相关报告后，自己会遭到停职。但是，警视厅内部似乎对神奈川县警抱有一些不信任感，命令仓田在案件水落石出之前、至少在英树被正式起诉前仍然照常上班。并且，警视厅的人特意确认了英树的年纪，当仓田回答说现在十八岁，明年三月十五日满十九岁之后，以刑事部长为首的一群人都露出松一口气的神色。这样一来，即使媒体报道这次案件，也不会暴露实名。

警视厅给仓田放了两天假，其间，神奈川县警并没有联络他。另外，报纸和电视新闻也都没有报道英树的案件。或许是神奈川县警出于对同行的保护，没有走漏消息。三天后，仓田到警视厅总部上班，第二天又到案发现场查看情况，就这样加入到搜查本部：麻布十号路杀伤案件特别搜查本部。

案发次日上午八点半，麻布分局的礼堂里召开了第一次搜查会议。

“起立……敬礼。”

警视厅总部派出包括仓田在内的搜查一课九系系员十一名、机动搜查队员六名。麻布分局刑事课派出刑警十四名，另外还有其他部门和附近分局增援的警察三十三名，再加上鉴识人员，搜查工作开展之初动用的人员就多达八十名。

管理官中村警视对案件的具体经过做了详细的说明。

“两名被害人的身份已经调查清楚，先报告一下情况。死亡的女性叫野中纱枝子，三十四岁，住在案发现场附近的公寓麻布玫瑰居三〇四号，在旅行代理社上班。腹部有两处刀伤，刀从胸口刺入，一直往上划到心脏，当场死亡。”

虽然还没有拿到野中的照片，但是据看过尸体的搜查员说，是受男人喜欢的那类美女，身材也十分不错。

“被送到医院的重伤男性叫松井武弘，四十五岁，在外务省经济局上班。目前的住所地址是目黑区祐天寺二丁目四 –X。他腹部有三处刀伤，但是奇迹般地活了下来。”

松井持有驾照，所以警方把驾照上的照片复印下来发给全体搜查员。他的脸扁平浑圆，长得毫无特色。这让仓田想起演歌舞伎的某个女角的脸，但是想不起来具体叫什么名字。

“我们认为袭击二人的凶手是同一人，不过被害人两人之间的关系尚不清楚。如果是无差别杀人狂作案，那么两名被害人只是刚好在同一时间出现在同一条路上。至于是谁先遇刺，目前还不能确定。凶器是一把刀刃不宽的利器，不是菜刀，很有可能是弹簧刀之类的。”

英树也是用尖刀刺杀女朋友的。虽然也出台了各种规定限制这类刀具的售卖途径，但这样做并不能防止犯罪行为的发生。至少，仓田不这样认为。

“案件的发生时间是昨天，也就是十八日周一的二十点零七分左右。地点位于麻布十号二丁目十二的 ×× 附近的路上，距离野中纱枝子居住的麻布玫瑰居的入口仅十五米处。目前，最有价值的一条线索就是三十七岁的行人井原基树称当时听到了争吵声，并目击一个瘦小的男子从现场往西逃走。当时，用手机打电话叫救护车的人也是井原基树。”

首轮调查报告结束后，给各路搜查员分派了工作。仓田负责调查被害人的相关人，不过今天必须先指挥野中纱枝子住宅的搜索工作。

仓田走到礼堂的上座，与九系长伊吹警部商量完住宅搜索的事情后，伊吹叹了一口气。

“这起案子里的被害人也是被刺杀的，真是挺讽刺的。我知道你现在心里不好过，不过在初步搜查期间，还是希望你能好好干。上面会想办法尽量把伤害降到最低。现阶段，你还是尽力保持平时的状态工作吧。”

仓田觉得伊吹警部的话中另有意思。在仓田看来，上面无非是想多争取一点时间来商量对付媒体的策略。不过，这也是没有办法的事。警官的儿子杀了人，还被邻县的警察逮捕，想要自圆其说，必须想好一两个理由。

“十分抱歉，是我管教不严。”

伊吹轻拍着仓田的双臂。

“不要自暴自弃啊，毕竟只是神奈川县警而已，有可能只是抓错人了。”

对，要说抓错人也不是完全没有可能，但是，这种可能性真的微乎其微。

仓田躬身告辞，回到自己放包的位子上。之前交换过名片的麻布分局吉野巡查部长和六名搜查员正在等他一起出发前往被害人家中开展搜索工作。

野中纱枝子的生活方式在三十五岁女性的群体中算是比较奢侈的。她住的公寓户型是一室一厅带一间厨房。卧室大约十平方米，客厅带餐厅至少二十平方米，宽敞的空间住两个人都不成问题。

但是，看起来并没有人同居的样子。牙刷只有一组电动牙刷，茶杯和餐盘虽然不止一个，但是也没有成对的组合，收纳柜里也没有发现男性的换洗衣物。在垃圾箱中翻找一番，也没有找到一件表明有异性一起居住的物品。

搜索工作已经进行了将近一个小时，吉野拿着一本银行存折走过来。

“这个女人除了每个月的工资，还有另外的固定收入。”

吉野的粗手指在存折的转账记录上移动。除了每月二十五日发薪日之外，确实在三十日前后还有一笔固定的三十万日元的转账收入，转账人是“Tanaka ichiro”。从存折的第一页开始看，同样的转账至少从去年的这个时候就已经开始了。

仓田点点头。

“申请一张搜索令，然后去银行调查一下。你赶紧带着存折回局里，我打电话给联络处。”

“明白。”

吉野把存折装进塑料袋，然后放进自己的皮包里，朝玄关走去。

仓田和其他六名搜查员继续搜索工作。

●

晚间的搜索会议上，除了目击证词之外，还报告了不少重要线索。

其中，最重要的要数监控摄像头拍下的影像。

“我们认为，嫌疑人事先对现场周边的环境踩过点。请大家看发到手上的现场周边示意图。”

复印出来的手绘示意图上，标示着几个带圈的数字。

“首先，一号是安装在麻布玫瑰居玄关的监控摄像头，那里没有拍下任何画面。对面的二号是麻布群山公寓的监控摄像头，隔壁的计时收费停车场的监控摄像头分别是三号和四号……”

包括稍远处的便利店在内，现场周边安装的监控摄像头一共有九台，但是几乎都没有拍到疑似嫌疑人的身影。

“只有计时收费停车场的四号监控摄像头，大概是因为安装在隐蔽的树丛后面，没有被嫌疑人注意到。就在这台摄像头的对面，有一个疑似嫌疑人的身影躲在饮料自动贩卖机和隔壁民居的停车场柱子之间的画面被拍了下来。从视频中截取出来的画面已经和示意图一起发给大家了。”

这台摄像头本来是用来拍摄停车场收费机前的画面的，不过左上角确实能够拍到一条马路之隔的自动贩卖机的影像。自动贩卖机旁边站着一个人，从某张截图中还可以大致看清人的面部。虽然有点模糊，但是借助自动贩卖机的灯光，基本可以确定这个人长着一张长脸，头发偏长。

“之后，到了二十点零六分，男子从自动贩卖机旁的阴影中冲出来，不到一分钟后，又从贩卖机前面跑过去。其他监控摄像头并没有拍到他跑回来的影像。同样，犯罪现场也不在任何监控摄像头的拍摄范围之内。显然，嫌疑人是埋伏在自动贩卖机旁边，可以说，是有计划有预谋的犯罪。”

精心踩点，埋伏在暗处，在监控死角杀人。

基本可以排除随机杀人狂这个可能了。这样一来，最有可能的就是异性关系引发的恶意。嫌疑人很有可能是跟踪狂或者对女被害人痴情纠缠。

杀害有恋爱关系的异性——

一旦想到这里，不管多努力地告诉自己集中精神开会，仓田还是会走神几秒钟，不由自主地想到英树的案子。

英树的交往对象岛田彩香是比他小一届的高中学妹。英树带她到家里来玩的时候，和仓田见过面打过招呼。对于晚熟的英树来说，这个女朋友显得有些过于漂亮而世故，这就是她当时给仓田留下的印象。

今天中午，妻子第一次去探视英树。她说，神奈川县警并没有把英树拘留在搜查本部所在的川崎分局，而是把他带到川崎临港分局拘留和审问。之所以还没有向媒体发布消息，是因为英树在警方正式展开调查之前就主动自首了。反过来说，如果县警无法从英树口中问出什么信息，自己也得不到任何信息。

据说，妻子在探视时，不管问什么问题，隔间另一侧的英树都一直摇头。仓田认为，这不是英树在否认罪行的意思。大概妻子的问法是“人不是你杀的吧”“我们应该相信你是吧”，而儿子的反应是摇头否认。

心底仅存的一点“抓错人”的希望现在也已经荡然无存了。那么，此刻的心情到底该如何形容呢?

失望，当然是有的。仓田觉得这么简单的善恶判断无须多言儿子也应该明白。他一厢情愿地认为，作为警察官的孩子，英树应该保持更高的觉悟。但是，这种想法显然是错误的。

愤怒，也是难免的。在这个世界上，自己最不希望犯罪的人却偏偏做出了这样的事。儿子的背叛让仓田气愤不已，同时，仓田也恨自己没有事先察觉和防范。

案件发生后，仓田还没有和儿子见过面，所以无法预计真到见面时自己的心里到底会涌出怎样的情绪。

不过，意外的是，仓田的心里并没有绝望的情绪。他感觉自己心中开启了一扇从未想到过的门，他不知道走过这道门会发生什么。但是，自己不得不走向那里。穿过那扇门，踏上从未踏过的土地，走上从未走过的道路。这不能称之为预感，但是，除此之外，仓田又想不出更适合的词汇。仓田意识到，自己不得不面对改变。

接着，由负责调查另一位被害人松井武弘的警官报告情况。

"案发当晚，松井在现场附近找一家意式料理店，结果不幸遇刺。根据松井的供述，我们的确在距离现场约一百米的地方找到一家名为'那不勒斯餐厅'的意式料理店。松井并没有去过那家店，只是为了以后招待客户事先去查看一番。他说自己并不认识野中纱枝子，也完全不知道自己为什么遭到攻击。"

鉴识人员根据现场的血迹和足迹的位置关系推测出凶手先刺杀野中纱枝子，接着又刺伤松井武弘。因此，松井很有可能只是刚好路过，被不幸卷入事件。或者，凶手把松井误当成野中纱枝子的男朋友，才故意伤害他。

次日，仓田和吉野一起到银行调查情况。野中纱枝子用来接收工资转账等日常使用的开户银行是泉银行麻布十号分行。

向分行行长出示搜索令后，过了大约二十分钟，行长拿出一张野中账户的明细记录。

“久等了。您要查的以‘tanaka ichiro’的名义转入的汇款都是在他行的 ATM 机上操作的。上个月，十一月三十日，由 UFC 银行虎门支行的 ATM 三号机转入，再上个月，十月二十九日，还是在 UFC 银行虎门支行的 ATM 机上操作的，是一号机。九月三十日，由 UFC 银行高田马场支行的 ATM 三号机转入，八月二十八日，则是虎门支行的 ATM 二号机。”

仓田还查看了七月之前的账户明细，几乎所有的转账都来自 UFC 银行虎门支行。中途虽然有几次中断，但转账几乎从七年前开始一直持续至今。

仓田收下这份记录着明确转账时间的账户明细，先回到麻布分局的特搜总部，重新申请一张 UFC 银行虎门支行的搜索令，第二天就前往调查。

仓田和吉野二人来到 UFC 银行虎门支行的会议室，用投影仪依次查看汇款当日的监控录像，没想到刚看到开头就大有收获。

给野中纱枝子汇款的人正是松井武弘。仔细回想一下，这家 UFC 银行虎门支行的位置就在松井上班的外务省附近。

至少从七年前开始，这个男人就持续地给野中纱枝子每月转账三十万日元。能够推测到的原因主要有两种，一种是松井受到野中的恐吓，另一种是两人保持情人的关系。话说，松井是有家室的人，如果是第二种原因，那么松井和野中之间就是不伦的关系。

不管是在搜查会议上听别人做报告的时候，还是工作间隙在荞麦面店一边吃饭一边和吉野闲聊的时候，仓田都会在不经意的瞬间想起英树的事情。

妻子告诉仓田，第二次探视的时候，她只是把换洗衣物交给儿子，两个人打了个照面，没有说一句像样的话。搜查员也没有告诉她案件的进展，只是说了一句“打起精神来”。妻子回了一句“谢谢”，就直接回家了。

今年刚入秋的时候，仓田曾听妻子说起过儿子英树最近和彩香交往得不太顺利。不过，对于十几岁的儿子谈恋爱的事情，身为家长似乎不方便干涉过多。所以，仓田只是应了一句“哦，是吗”。又过了一阵子，听到妻子说“儿子似乎还在为感情的事苦恼”，仓田也只是点点头，没有继续追问。

事到如今，岛田彩香被杀，嫌疑人正是自己的儿子，这时仓田才对自己当时的态度和做法感到后悔。要是自己能早一点和英树谈一谈就好了，然而他似乎一直没有时间。搜查总部的搜查员一旦开始搜查工作，常常十天二十天不回家。虽然也有不用当班、在家待命的日子，但这时往往又和英树碰不上面。儿子忙于兼职或大学的社团活动，经常晚上十点之后才回家。

“仓田，你身体不舒服吗？”

吉野不时地这样问。仓田就开玩笑说自己天生双眼无神、脸色很差，但是，这种低级的借口怎么可能瞒过刑警的眼睛。没过几天，仓田的精神状态很奇怪的传言就在特搜本部传开了。然而，伊吹系长并没有因此下令仓田“休假”。领导们怎样看待英树的案子，又打算怎样处置自己，仓田对此毫无头绪。

在这之前，负责向松井问话的是仓田和同属搜查一课九系的高林警部补。只是不管高林怎么旁敲侧击，松井都没有承认和野中之间的关系。即便高林亮出了手中的底牌，说每个月都有汇款三十万日元吧，虎门的ATM监控录像我们也已经看到过了。可松井总是坚持说你们认错人了，并不肯就此松口。在铁证面前，这种借口听上去十分幼稚，但事实上松井并不是嫌疑人而是被害者，所以也不能将ATM的影像和松井本人的脸进行比对，然后直接甩在他面前说：“你的照片和影像里的人物一致，怎么看都是你吧！”毕竟背后的故事是一段婚外恋，要是涉入过深的话，可能会有涉及人权问题的嫌疑。警视厅的过度调查导致被害者的家庭四分五裂——这样的新闻是大家都不想见诸报端的。

调查已经过去了一周。上级吩咐他们交换工作内容。

十二月二十六日，星期二，仓田第一次造访了松井入住的那家医院。医院离犯罪现场很近，是一所大学的附属医院。

“打扰了。”

松井在独立病房的床上，窝在鼓成鱼糕形状的被窝里，两眼瞪着天花板。

“我是第一次来，警视厅的仓田。”

“我是吉野。”

照片上看松井的脸就像歌舞伎的女角一样，但如今这张脸已经被满脸的胡茬儿所覆盖，头发也像挂在岩石上的海苔一样贴在头皮上，微妙地散发着一种黏糊糊的气息。

“……不是之前来的那个人了呢。”

“是的，我是代替高林来的。”

“你们谁更大？”

“什么？”

“高林先生和仓田先生，你们谁的官更大？”

“我们都是警部补，所以没有谁的官更大这样的说法。”

也许是认为这样的回答太过敷衍，松井有些扫兴地冷哼了一声。但是，就算是这样的动作似乎也牵动了他腹部的伤口。刚一哼完，他的脸颊就抽搐了起来，看上去非常痛苦。实际上，在看到监控录像之前，大家都怀疑这件事可能是松井一个人的自导自演，但如今，这样的想法已经荡然无存。负责他的主治医生也说，他自己刺伤自己的可能性几乎为零。

阵痛好像过去了，松井闭上眼睛，轻轻地吐出一口气。

仓田轻咳了一声，开始问话。

“松井先生，高林应该也问过你很多遍了，我现在要再问一次。和您一起遇害的野中纱枝子这位女性，松井先生您并不认识她，这样的理解对吗？”

啧，松井咂了咂舌，很快又用舌头舔了舔干燥的嘴唇。他的眼睛还是闭着的。

“不认识。要我说多少遍你们才能听懂？”

“有一个长得和你一模一样的人，每个月都往野中小姐的账户里面汇款三十万日元。即使我们手上已经有了这个监控录像，你也不承认吗？”

“你们是认错人了，肯定就是长得和我有那么一丁点儿像吧。那是你们的错觉，真是给我添乱。”

要是从野中的房间里检查出了松井的指纹的话倒也好了，可遗憾的是并没有找到那样的证据。这也就意味着松井和野中秘密会面的地点一定是在其他的什么地方，松井也应该是对这个地点的保密程度很有自信。野中的房间中也没有找到任何可以证明和他有关的证据——松井一定也是这样相信的。如果是这样的话，那么出事当天晚上，松井应该只是将她送到公寓门口而已。

其实在来这里之前，仓田已经把现场周边的监控录像又看了一遍。怀着一种期待，希望这些监控录像当中有什么可以证明两人之间关系的画面。的确，有好几台监控都捕捉到了两人一起行走的画面，但不管从哪个角度看，两人之间都保留着些许距离。这样的画面很难判断两人是“结伴而行”的。要是能有明显的牵手之类的画面就好了，只是不知道是两人的谨慎还是偶然，又或者是这时候的两人刚刚吵了架，总之，这样的亲密举动就连一个瞬间都没有出现。

没办法，和野中的关系就先放在一旁吧。

“那么，这个问题估计也是之前已经问过您的，这个你能看一看吗？……是藏在现场附近的阴影里的一个男子，就是这个男子袭击了你吗？”

高林让他确认时，松井回答了一句“不太清楚”。而现如今唯一的目击者，也就是报案人——井原基树则做证说，行凶的就是这个男的没有错。

松井终于睁开了眼睛。不知是不是眼神聚不了焦，他一边重复着皱起眉头又舒展开的动作，一边盯着照片。

“这和之前不是同样的照片吗……你们就不能对照片进行一下处理，提高一下清晰度吗？”

“很抱歉，现在的技术只能做到这样的程度，怎么样？是这个男人吗？”

“不知道。因为事情发生得突然，我也记得不太清楚。”

明明是已经交往好几年的情妇，就这样在自己眼前被杀，这个男人到底在装什么傻？虽然他应该不是凶手，但看上去也并不像一个受害者。仓田总觉得，他给人一种身处灰色地带的印象，这种印象难以抹去。

“松井先生，那么接下来我要说的话，请纯粹当作推理来听……我们在看到 ATM 的监控录像时，认为那就是松井先生，因为和您实在太像了。因此我们也认为，松井先生和野中小姐之间有男女关系，这样的推理也是水到渠成的。毕竟在过去七年左右的时间里，您每个月都会向她的银行账户里汇入三十万日元呢。”

要是松井在这里反驳一句“并不是七年间每个月都汇的”，就算露出了狐狸的尾巴。然而可惜的是他并没有上钩。

“的确，野中纱枝子小姐是一位非常有魅力的女性，年龄也比松井先生小了将近一轮，即便每个月要支援三十万的费用，是个男人也应该都会想把她放在身边吧。”

“一点证据都没有，就这样凭空乱说，你这人太没礼貌了。”

仓田无视了他的反驳，继续说道：

“但也不是所有的人都能做到的，毕竟每个月要三十万啊。有家室的话就更加无法自由支配这样的巨款了，对于一般人而言的话……”

“等等，你在说什么？”

腹部的伤口好像又开始作痛，松井皱起了脸。

“哎呀，你就听听吧……松井先生，我就打个比方哦。您是在外交部工作的，从拉丁美洲事务局中美洲课开始，历经泰国和欧洲的海外使馆，现在又任职经济局总务参事官室的庶务主任……真是让人艳羡的职位啊，对于一位非干部储备的官员来说。”

松井的脸色有了明显的变化。他不再看向仓田，却也没有像最初那样凝视着天花板，他的视线似乎并没有落在天花板上。

“松井先生是非干部储备吧。外交部和其他部门不同，就算通过了国家公务员考试，也不一定就能成为储备干部。你们还必须通过俗称为‘外交官考试’的考核，否则即使进入部里，也不会成为未来的国家级官员。从这种意义上来说，松井先生倒是和我们这样的人立场比较相似。我也是非干部储备的警察，不管怎么努力，也做不到警视总监或警察厅长官这样的职位。最厉害的升迁无非也就是本部的课长。因为我不是国家公务员，而是地方公务员。”

仓田顿了顿，打量了一番松井的神情。他的嘴抿得紧紧的，等待着仓田接下来的话。他睁开着的眼睛依然没有对上焦点。他的眼睛、鼻子似乎也都变成了耳朵，甚至可以说，整个人看上去就像用整张脸在聆听仓田的讲述一般。

“我的话，是没有那个本事每个月都给一个女人三十万巨款的。因为我是公务员，所以也不能从事副业……不知道怎么样才能赚到那么多钱，更不知道怎么样才能在整整七年的时间里，一直将那么完美的女性据为己有。”

松井没有回答，只是在额头上渗出了汗珠。汗珠与汗珠交织在一起，逐渐凝成大大的颗粒，最终滑向了耳畔。即便如此，松井也依然保持着沉默，也不打算擦汗。他就这样凝视着上方，不是天花板，而是凝视着其他的某个位置。

但是这样已经足够了。

仓田确信了。

松井挪用了公款。他就是用这些公款将野中纱枝子养作情妇。如今，松井最担心的就是随着野中纱枝子被杀事件的调查逐渐展开，自己的渎职行为会最终暴露在世人面前。

由于刑事部长认为正月里的市民会更想看新闻，所以要上新闻的话就要尽早，因此，二十八日那天，监控录像和经过图像处理的四张照片就公开到了各家媒体手中。

当天傍晚，仓田这里早早地就得到了消息。消息的来源是朝阳新闻一位叫作户矢的记者。仓田还在荻洼警察局的时候，他是这一带的警视厅第四方面新闻的负责人。

“仓田先生，好久不见。”

“好久不见啊，你现在在干什么呢？”

“我在第一方面打游击呀。”

警视厅第一方面的记者俱乐部位于丸之内警察局，麻布警察局也在管辖范围内。也就意味着户矢和这起杀人事件的新闻报道多多少少有一些关联。

“你稍等一下。”

仓田环顾了一下四周。

他刚刚结束走访，现在正在朝着吉祥寺的车站方向步行，但井之头大道上的车辆往来十分密集，并不是可以好好说话的环境。很快，他就看见前方有一个电话亭。

仓田单手向吉野比了一个抱歉的手势，跑进了电话亭里。

“……不好意思，你说吧。”

“不要装傻了，肯定和今天公开的麻布案件的照片有关喽。”

“你有什么线索吗？”

户矢“嗯”了一声，顿了一顿。

“……其实那个男的，我可能认识。”

“什么叫‘可能’？”

“哎呀，谁让你们用那么模糊的照片呢？我虽然不能百分之百肯定，但我认识一个和他长得很像的男的，就是来告诉你这件事的。”

听上去好像颇有些卖关子的意思。

“今天晚上，请你喝一杯吧？”

“好呀，那就承蒙您请客啦。”

当下，两人就约好晚上十一点半在涉谷的居酒屋碰头。

这家店很大，店内也很嘈杂，但包厢却有很多，是一家非常适合密谈的店。

仓田对组长和吉野借口说自己要回家，离开了麻布警察局。他也想不撒谎直接回家，但做起来却并不那么容易。

那之后，妻子也去探望了英树，但英树依然什么都不说。妻子多次哭着请求他也去看看儿子，但他自己心里却并不想。他给妻子的解释是，好不容易这个案子由县警转移到了其他警察局来做调查，自己去的话会妨碍他们的工作。但其实，仓田内心真实的想法并不是这样。

他自己也很难相信，但是他的内心根本没有产生想见儿子的情绪。不仅如此，甚至可以说，他已经开始憎恨这个儿子。作为你的父母，就算全世界都怀疑你，我们也会相信你到最后——这样的台词，就算撕烂了他的嘴，他也绝对说不出来。

与其将时间花在这种事情上，还不如好好工作。反正一旦英树的起诉被确定，自己就会在警视厅待不下去了。不是被免职，而是在道德上无地自容。对于仓田而言，这个案子很可能是他警察生涯最后的案子，所以当然想好好办。虽然作为父亲，培养出了一个变成杀人犯的独生子，这样的父亲是完全失职的，但作为警察，还是应该和杀人犯战斗到最后吧。

仓田提前五分钟到了店，户矢却迟到了五分钟才出现。

“不好意思，要出门的时候，又碰上了一点事。”

“和麻布有关的吗？”

"不，是完全没关系的另一件事。"

户矢一坐下来就点了一瓶热清酒，仓田则点了瓶装啤酒。

"总之，好久不见了，先喝起来吧。"

"啊，工作辛苦了。"

两人都喝了一小口。点了几个菜后，进入了主题。

"那么，可以开始说说了吧。"

"嗯。我给你打电话，倒也不是因为别的什么。"

户矢一边说，一边夹起了煮熟的前菜。

"喂，别卖关子了。"

户矢嘻嘻一笑，放下了手中的一次性筷子。

"那位女性受害者野中纱枝子，我看到她的时候就觉得有些眼熟，但在网上查了查什么都没查到。所以就在想，到底是在哪里见过的呢？

仓田有一搭没一搭地附和着。户矢又喝干了一小酒杯，好像觉得有些苦地撇了撇嘴，继续说道：

"那张照片上的男的……搞不好，可能是曾经在我们这里做过记者的人。"

仓田觉得心脏都大了一圈。随之而来的跳动也变得更快，更激烈了。

"名字是叫川上纪之，五年前从我们报社辞职了。虽然说是主动辞职，但就算他不辞职，早晚也会被解雇吧。"

听上去和自己的境遇有些相似，但仓田现在顾不上那么许多。

他确认了一下名字的写法。的确是"川上纪之"四个字。

"年龄呢？"

“今年应该三十六岁了。”

“他干了些啥？”

“在电车里搞痴汉行为被起诉了，都闹上法院了。你不记得了吗？”

五年前，因为痴汉骚动被起诉的新闻记者吗？

“不，不记得了。”

“也正常。那会儿正好是时兴起诉痴汉行为的时候，这件事可能也就被埋没了吧，当然对我们报社来说，这样的埋没是件好事。”

户矢叼起了一支香烟，仓田也从口袋里拿出一支烟跟着他放进嘴里。

“这件痴汉骚动……和麻布的案子有什么关系吗？”

“所以说，就是这个野中纱枝子呀！当时以猥亵罪名起诉川上的，就是这个野中纱枝子。”

原来如此。

“川上当时是有一个准备结婚的女朋友的，起初那个女孩子好像也是相信他的。但他的名字很快就被其他报纸曝光了，有阵子还上了电视。对女孩子而言，确实是不太好接受啊。或者说，最难以接受的可能还是那个女孩子的父母……到最后嘛，就分手了。工作也是实质上的解雇，官司也输了。真是彻彻底底地失去了拥有的一切，当时我还想，痴汉真是可怕呀。”

刺身拼盘上来了，户矢将手伸向了酱油瓶。

仓田将手边的浅碟递了一个给户矢。

“啊，麻烦你了。”

“也就是说，川上憎恨着夺走了自己一切的野中纱枝子，所以杀了她。”

“嗯，我的话，会这样想的。”

“但是，也已经过去五年了呀。”

户矢一边用筷子夹起切成细条的章鱼，一边点了点头。

“的确……五年这个时间点让人有些在意呀。但是对于官司的原告而言，周围的人应该也会更加小心地保护她的隐私吧，我想。川上也被逐出报社了，应该也没办法去做什么调查，所以才在不知不觉中过去了五年吧。”

这逻辑听起来合理，倒也是有可能性，但仓田仍觉得有什么地方不对。

“顺便问一句，川上在当记者的时候，是哪个部门的？”

“政治部吧，所以我也没什么机会跟他一起工作。就是在有渎职事件的时候时不时地会请他帮帮忙。即便是同一家报社，也有很多政治部的记者普遍是讨厌社会部的，但川上却不是那样的人。有时候问问他，某某政客和某某建筑公司之间有什么什么样的联系，怎么样才能取证？他也会在能说的范围内告诉我们。”

忽然之间，仓田的脑海中灵光一闪。

“说起来，朝阳新闻内部负责采访省厅的，也是政治部吧。”

户矢一边夹起一块鲷鱼，一边点了点头。

“没错啊，川上就是这样的。”

原来如此，原来是这么一回事。

仓田从户矢手上拿到了川上纪之的脸部照片，第二天早上就提交到了调查会议上。

现阶段还不能将川上称为嫌疑犯，他还只不过是一位对受害者野中纱枝子可能怀有怨恨的人物。尽管如此，考虑到他很有可能在野中纱枝子的住宅或工作的旅行社附近被目击到，川上的照片还是发到了全体警探手中，以便向相关人员进行确认。

仓田也在上午去了一趟医院，找松井确认了一次。松井的回答依然是一问三不知，但这样的态度还是证明了一件事：他否认这事的态度和否认自己是ATM机前的男人一样，对于仓田而言，这样的态度其实就等同于松井承认了对这件事知情。

走出医院，仓田刚把手机开机，马上就有电话打了进来。来电显示是特别搜查本部的座机电话。

“喂？”

“啊，我是伊吹，不好意思，麻烦你赶紧回来一趟。”

“怎么了？”

“总之，赶紧回来。”

吉野有些惊讶地看着仓田挂断了电话。

“怎么了？”

“不知道，只说了让我赶紧回去。”

医院门口停着几辆准备接病患家属的出租车，钻进其中一辆，仓田告诉司机往麻布警察局开去。那天是十二月二十九日，也许是很多企业已经结束了当年的业务吧，路上显得很空。幸亏是这样的交通状况，仓田只花了十分钟不到就抵达了警察局。

“久等了。”

刚走进讲堂，负责接待的警部补就慌忙站了起来。

“仓田先生，请赶紧去楼下的第三会议室。”

“到底是什么事？”

“总之，赶紧去会议室吧。”

仓田和吉野一脸疑惑，但还是按照他的指示快步走到了楼下。楼下是警备课和交通课的楼层，本来不是刑事课的警察进出的地方。

第三会议室在走廊的半当中，位于右手边，两人敲了敲门。

“我是第九组的仓田。”

“进来。”

“打扰了。”

第三会议室是一间比较小的会议室，会议室的桌子摆成口字形，靠墙的座位上坐着搜查一课的中村管理官和伊吹组长，背靠窗户的位子上坐着另外两个人。

其中一人是搜查二课长，秋岛警视正。这是个年龄只有四十岁左右的精英官员。另一人则是同属搜查二课的管理官生田警视，这位则是已经快到退休年龄，他是从非干部候补的阶层当中一路爬上来的。

搜查二课负责的是智慧犯罪的调查，调查范围包括了违法选举、行贿受贿、渎职、企业犯罪、欺诈、挪用公款等。

生田管理官轻咳了一声，指向了吉野。

“请你回避一下。”

吉野猛地挺直了背，有那么一瞬间看上去像是准备反驳。但仓田轻轻向他点了点头，于是吉野很快恢复了理性，敬了一礼后离开了会议室。

门关上了，直到吉野的气息消散为止，会议室内持续着一片沉默。

伊吹组长抬了抬下巴。

“……你先坐下。”

仓田就近拉开一把椅子，故意坐在了秋岛二课长和生田管理官的正对面。

“怎么了？这样大白天把我叫回来，连个盒饭都没有吗？”

开口的是秋岛二课长。

“仓田主任，我有一个委托，也不跟你客气了。今后，希望你能避免和松井武弘的接触。”

中村管理官和伊吹组长都用空虚的视线凝视着对面的墙壁。看着这样的态度，仓田也大致知道了之前故事的情节。

应该是搜查二课长先跟搜查一课长打了招呼，紧接着二课的生田管理官对一课的中村管理官提出了要求，让一课停止对松井的询问调查。接下来按顺序则应该是中村管理官向伊吹组长下达命令，让仓田赶紧回来。这时的伊吹组长应该是表达了自己的为难，说的大概是“我也不知道仓田会不会老老实实地收手”之类的话吧。于是，众人应该又讨论了一番由谁开口劝说，最终决定由秋岛二课长出面。故事应该就是这样吧。

当然，仓田也没打算就这样轻易地答应。

“请问原因是什么？”

“你也知道的吧，我们正在进行秘密调查，现在不希望无关紧要的人员到处打草惊蛇。”

“谁打草惊蛇了？我只是在追踪刺伤了松井的人而已，并没有调查松井的事。”

“就算事情是像你说的那样，警察的人老在他身边转来转去，对我们来说也是个困扰。要是让他产生了不必要的警戒，把证据什么的都隐藏起来了的话，我们就竹篮打水一场空了。”

原来如此，仓田大致知道了原因。

“也就是说，如今对于松井的调查已经渐入佳境了，对吧？”

秋岛不情愿地点了点头。

“算是……可以这么说吧。”

“你们的目标是什么？”

“这种事怎么可能告诉你呢……傻子。”

“要是不能说的话，我也不打算收手。”

旁边的生田管理官朝他看了过来，但秋岛二课长从旁制止他。

“不要说这种让人为难的话了。你的目标是杀女案吧？而且还是公开调查，就连照片都已经公开了，应该已经收到不少有力的情报了吧？就算今后不接触松井，应该也没什么影响了呀。”

有力的情报，这种话应该是想从他口中套话吧。二课应该还不至于连今天早上他在会议上提交的川上的事情都掌握到。

“不，还没呢。先不说女性那方，就连松井被刺伤的原因都还完全没有头绪。要说的话，现在才是刚刚开始呢。”

秋岛有些为难。

“不论说什么，你都不想从松井身上收手吗？”

仓田也露出了同样为难的神情：

“我倒是没这么说。”

“那你是什么意思？”

“把你们手里的料告诉我。”

秋岛恢复了正色：

“手里的料？什么料？”

“有关松井挪用公款的事呀。这事要是不闹个明白，这个案子就查不下去。”

生田猛地想要起身，但秋岛再次按住了他。不愧是精英课长，权限都和别人不同，可以根据自己的判断决定是否放出手中的料，这可是一个很好的武器。

“你想知道什么？”

“全部呀，松井至少从七年前就开始包养她了，每个月都给她三十万呢。但松井只是一个四十多岁的非干部候补职员啊。就算他的年收入有七百万，一年拿出去三百六十万，也就是一半的收入偷偷交给情妇，老婆居然不吵不闹。一般碰上这种事，老婆是不可能坐视不管的吧。但松井却把两边都处理得很好。这样的话，就只能让人怀疑他有其他的收入，也就是挪用公款了……当然，如果你们能够解释得让我满意的话，今后我也不会再去接触松井，我向你们保证。但如果你们想随便找个理由糊弄糊弄我，那我也会自力更生，直到查到让自己能够接受为止。……你们怎么想？我是哪种都可以。”

秋岛一边叹气，一边点了点头。

“唉……大部分都和你想的差不多。但松井所做的，并不是简单的挪用公款，而是有组织地做假账。从十年前，松井就已经开始参与做假账了。甚至可以说，正是因为他精通假账的做法，才能够成为参事官室的庶务主任吧。之前已经曝光过的部里传统的做法，大部分都和店家有关。如果实际消费五十万的话，就让店家开出一百万的请款书。收到请款书后，部里的财务就支付一百万。这样一来，店家就凭空多收到了五十万的‘储蓄金’。至于这笔钱是之后以个人名目消费，还是和店铺达成一致之后换成现金提出来，做法就由实际的担当者决定。松井想出来的方法又和这种有些不同。”

生田瞟了一眼秋岛，似乎想说没必要连这些都告诉他吧。但秋岛要是就此打住的话，仓田也不会就这样放过他。

秋岛应该看懂了这样的氛围，继续说道：

“松井和租车公司做的就是这种事，让租车公司虚开发票。实际用车金额只有五十万，却让租车公司开出一百万的请款书，多出的金额也不留在租车公司做储蓄金，而是让他们换成租车券给自己，再将租车券拿到专门收购代金券的地方换成现金。这就是松井的手法。”

原来如此，松井正是因为不想被人知道这样的操作，才不肯承认和野中纱枝子之间的关系。

“这可是个毫无伦理道德的地方。挑选女临时工或临时办事员什么的，基本都是根据长相和身材来的。里面的男人则把工作抛在一边，大白天的就开始争来抢去。就是这样一个世界。更甚者，只要去趟医院刷个医保，这些信息就会经由福利社保室，很快传得整个部门尽人皆知。要是堕了胎或是有什么病，传出去很容易就会导致在部门内无法立足，最严重的甚至还有人自杀。”

秋岛挨个看了看伊吹和中村，视线又回到了仓田脸上。

“我也认为搜查一课的工作应该优先于一切，毕竟你们的案子是和人命直接相关的，但在其他地方也有恶的存在，这也希望你们理解。松井的案子已经不是公务员拿着薪水不办事这种程度了，现在不处理得巧妙一些，这些人就会把证据全部毁灭掉的。所以拜托了，从松井的事情里收手吧。以后我们肯定会用其他的形式补偿你的。”

对于这样的解释，仓田完全知足了。

他拉开椅子，站了起来。

“知道了……以后我不会再和松井接触了。”

敬过一礼后，仓田转身背对秋岛，离开了会议室。

Give and take. 这样就算扯平了，不，总觉得还是吃亏了一点。

那之后，零零碎碎地也有一些细小的情报浮出了水面。

野中纱枝子是在大约十一年前进入部里的，当时的工作是事务辅助员。那之后，她在部里工作了四年左右的时间，和松井应该也是在那期间认识并产生了关系的吧。松井开始给野中汇款也是在那之后不久，所以逻辑上也说得通，搞不好让她辞去这份工作也是松井提出的，以后就由他来养活她。

但最为关键的监控录像中的男性是谁，至今依然没有什么进展。当然，大家都认为川上纪之应该知道一些其中的内情，因此在他经常出现的地方配备了警力。这些地方包括了这三年来他一直租住的高园寺的公寓、他所打工的物流公司、老家长野周边，以及因为痴汉骚动而分手的前女友家附近。

调查就这样在僵局中迎来了新年。一月五日，星期五，英树的案子确定被起诉了。因为英树还是未成年人，所以在量刑上可能会有一定程度的减刑，但他要面对的，依然是与一般成年人无异的刑事控诉。

听到这个结果时，仓田当天就提交了辞职信。最终还是没有看到麻布案件的结局，就这样离开了警视厅。要说心里没有任何遗憾的话，那是骗人的。但他也没有希望一直待到案件解决为止。在仓田心里，自己的刑警资格早在很久以前就已经丧失了。这次也只是由于上级苦于无法决定，迟迟没有做出处分而已。仓田只想沉浸在此，将注意力从儿子犯下了杀人罪这件事上抽离开来，仅此而已。

回到家里，仓田发现妻子身上充满着一种奇异的活力。这样的妻子让他感到十分痛心。儿子今年 18 岁，结束服刑出狱的时候也还很年轻，还能够重来。妻子早早地下定了这样的决心。可这又让仓田感到了强烈的违和感。

仓田说，我把警察的工作辞了。妻子只是回了一句“哦，是吗，挺好的”。还补充了一句“工作什么的，无所谓了”。违和感更强了一些，坐立不安的仓田终于还是走出了家门。

但也没有什么他能去的地方。

倒也是有种冲动，想着要么索性从白天就开始喝酒，喝成一个无药可救的醉汉吧，但遗憾的是身体却不愿意这么做。或者说，他尝试过喝酒，但却完全没有醉意。要是不管不顾地继续喝，最终也只会把自己喝吐。这样的重复实在过于荒谬，他也索性不再喝酒了。

就算行走在繁华的大街上，又或者去看海，已经干涸至极的心理却没有迎来任何的变化。只有一个地方他还没有去过，但自己却无论如何都产生不了往那边去的动力。

这个地方，就是如今的东京监狱。事情发展到现在，他的内心还是丝毫没有想要见一见英树的念头。甚至可以说，他是无法忍受见面之后，再度认识到自己是英树的父亲、英树是自己儿子这样的关系。现在就已经怒火中烧到肝肠寸断，真到见了面，自己会做出什么来，就连仓田自己都想象不到。

又或者，见一面，怒气可能就会就此湮灭。见了面，可能会像妻子一样想要原谅他。早一点服满刑回归社会的话，案子就会变成过去的事。见了面，自己可能也会产生这样的想法。

而这样的想法，仓田到底还是无法容忍。

至今为止，他已经将数不清的罪犯铐上手铐，送上法庭。其中既有尚未判决的囚犯，也有已经处以死刑的人物。死了，就是一具尸体。他甚至会去他们的坟前双手合十，为他们祈祷。但对于那些仅仅判处了有期徒刑的罪犯，他的厌恶和怒意却一直持续至今，难以释怀。

没错，夺去了别人生命的人，是没有其他补偿办法的。他们所能补偿的，最多也就是以死谢罪。所以仓田一直认为，只要杀了一个人，原则上就应该处以死刑。正是怀着这样的信念，他才成为了警察。作为一名刑警，每天用脚步丈量着东京的土地。

所以现在他很为难。他控制不住地想要避免这样让人不快的想法——只有自己的儿子希望得到特殊对待，希望得到世人的原谅。他甚至想，正因为是我的儿子，所以犯了罪的话，更应该以身作则。请取走他的性命吧，请收走他的性命吧。他想对英树说的，也只是

"如果有选择的话，请你选择以死谢罪"。

但这样的选项，在今天的日本已经不存在了。只要采用的不是特别残忍的杀害方法，只有一个受害者的话，罪犯是很难被处以极刑的。更何况，犯罪时的英树还是个未成年，甚至都不会被判以无期徒刑。最多也就是判个不定期徒刑，过几年就假释出狱了。

他真的不知道，不知道该如何是好，不知道该怎样对待成了杀人犯的儿子。仓田脑海里的思绪一片混乱。

回过神来时，他已经来到了医院楼下。就是松井入住的那家大学附属医院。

自己已经不再是警察了，所以也不能就这样走进病房。何况和秋岛还有约在先，他也不想妨碍别人的调查。

仓田无奈地坐在了医院楼前广场的长椅上。长椅又冷又硬的木质触感像极了某种惩罚，这反而让仓田心里好受了一些。他不想对自己太好。为了不对自己太好，他就这样一直坐在百草皆枯的草地的长椅上。

就这样一直坐到了傍晚，天色开始昏暗时仓田才起身回家。第二天，他又来到了同样的地点，那之后的第三天、第四天也一直如此。

已经不知道是第几天了。这天，旁边忽然坐下了一个面容消瘦的男人。男人将毛线帽压得很低，无精打采的胡茬儿覆满了半张脸。仔细一看，发现来人却是川上纪之。

仓田却没有感到任何的不可思议和惊讶。

这样沉默着，坐着也挺好。寒风发出尖锐的呼啸从身旁掠过，就这样承受着，甘之若饴，也挺好。

可命运偏偏喜欢恶作剧。男人的打火机没油了。不管怎么摁，都只见火花四溅，怎么都点不着烟头。

仓田把自己的打火机递给了他，男人的脸上露出了笑容，点头致谢后接了过去。仓田自己也掏出一支，含在嘴里。同样点头致意，从他手中接回打火机后，点燃了口中的烟。

两人就这样，你一口我一口将烟雾吹入阴云密布，一片白茫茫的天空。

这样的动作似乎成了某种暗号。

男人率先开了口。

“冒昧地问一句……您是警察吗？”

“不……已经不是了。”

“那，就是前警察了。”

“对……这也能被你看出来啊。”

男人深深地吸了一口，缓缓地吐出烟圈。

“不好意思……因为我已经看见过你好多次了。”

仓田没能正确理解他这句话里的意思，但听上去好像是说他已经知道了仓田的身份。

“那，你就是川上纪之先生了？”

就像接过打火机时一样，他微微地点了点头。

这个男人，川上，他的表情着实镇定。

“果然，你们已经把我当作嫌疑人了。”

“嗯，这些信息我们已经掌握了，也知道你曾被野中纱枝子起诉过强制猥亵的事。”

川上的目光中，有着像针尖一样锐利的光芒。

“……你们掌握的信息里，包括了背后是松井一手策划的这件事吗？”

仓田点了点头。

“下面说的只是我的推测……你在朝阳新闻的时候，调查过做假账的事，在调查过程中知道了松井的存在。你怀疑他就是假账事件的领头羊，同时相对地，你自己也成了他们的眼中钉。上班的电车里，野中纱枝子故意接近你，并起诉你对她实行了痴汉行为，结果，你失去了一切。可能当时的你并不知道野中纱枝子和松井的关系，这也是正常的。因为在痴汉事件两年前，野中纱枝子就已经辞职离开了，你根本想象不到这件痴汉冤案和你对松井的调查之间存在着这样的因果关系。但不知在怎样的机缘巧合下，你在最近终于发现了两者之间的关系，发现了野中居然是松井的情妇，接着你很快就明白了，那件痴汉骚动是有人故意安排的……是这样的吗？”

川上频频点头，但看上去并不认可仓田所说的全都是正确的。

仓田继续问：

“你是怎么知道的？怎么发现野中是松井的情妇的？”

听了这话，川上静静地摇了摇头。

“也不是什么特别的理由。只是一点小小的偶然，和我的直觉……这件事我更想……唉。”

川上欲言又止地接着抽那已经抽了一半的烟。

“川上先生，你想说什么？既然想说的话，就全部说出来吧。我已经不再是警察了，不管你对我坦白什么，都没有办法给你铐上手铐。”

“但你应该会报案吧。”

其实他连报案的力气都没有，但仓田故意没有这么回答。

“不会的。”

川上又吸了一口，但周围没有让他扔烟头的地方，川上拿着烟头显得有些不知所措。仓田将一个便携式烟灰缸递给他，川上又像致谢一样低下了头。这样礼貌的男人为什么会做出这样的事？仓田的心中冒出了这样的疑问。

“刑警先生……”

“我是前刑警……我姓仓田。”

“仓田先生，我想让那两个人受到处罚，不仅仅是由于那起痴汉事件的缘故。”

受到处罚——仓田的脊柱对这个词迅速地产生了反应。

一种麻麻的感觉顺着脊髓一路往上爬，一直蔓延到大脑深处。

他在川上的眼神中，又看见了针尖般的锐利。

“你知道吗？那是一个男女关系尤其混乱的官厅。那帮官员可以毫不羞耻地说出‘那个小姑娘不错’‘你可别对某某课的某某出手’这样的话。这帮人想要派驻海外使馆，主要目的也是为了满足自己的下半身。一想到这样的人也能被称作官僚中的精英，我就忍不住想吐。这群人当中，尤为不堪的就是松井。因为他过度地暴露别人的隐私，其中甚至有女性因此而自杀的。”

川上将握得紧紧的拳头捶在了自己的膝盖上。

“但真没想到……松井居然活下来了。我已经刺了那么多刀，没想到他居然被救活了。”

有一个词叫作魔怔。在这之前，仓田一直认为这是一个专门用来为冲动型犯罪开脱的十分方便的词，如今却终于理解了。

人之所以会杀人，其实并不需要什么理由。说到底，只是当面对某个问题时，是否采用杀人这样的方法来解决而已。也就是说，杀人与否其实只是一个选择。

有的人是因为爱恨纠葛。

有的人是因为金钱的纠纷，又或者是地位、名誉。

而有的人则是为了正义。

杀了人，只能偿命。不，赔上命也偿不了。虽然偿不了，却也只能交出自己的生命。仓田一直是这样认为的。哪怕是自己的儿子，杀了人，也还是必须偿上自己的性命。就算现在，他的想法也没有改变。

但最终，自己所能交出的只有一条命，不管杀了多少人，都只有一条命。只要杀了两个人以上，杀几个人都是一样。这也是一个思路。

现在的仓田想要接纳这样的思路，想要采纳这样的想法。

"……川上……"

仓田把松井武弘住院的病房号码告诉了川上。并补充说，现在没有搜查一课的刑警在，也没有其他部门的人在警备。

川上露出了一瞬有些疑惑的表情，但很快又轻轻点了点头，站了起来。

他穿着的好像是一种叫保暖外套的大衣。那是一种好像只有运动员才会穿的长长的防寒衣。他卷起了大衣的衣摆，在口袋中摸到了什么东西确认了一下，接着径直走向了医院的入口。

寒风再次发出尖锐的呼啸，从身旁掠过。

仓田又变成了一个人。

回到家里时，妻子被杀了。

凶手是岛田彩香的父亲。

三 沉默怨嗟

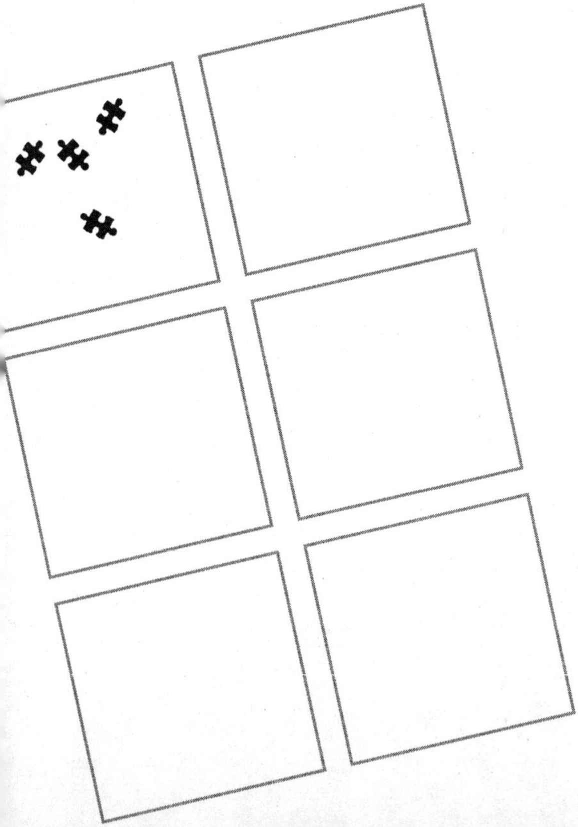

叶山则之心想，这之前，自己应该是真的没有太在意过警察局和警视厅的区别吧。

虽然年纪轻轻就已经被提拔到了警视厅总部，但他并没有特别因此而感到骄傲，甚至可以说，他其实并不喜欢谈及这个话题。他的想法是，不管在哪里，自己都只是认认真真地完成分配给自己的工作而已。

倒也不是说拿多少钱就做多少事，与之相反，他更认为不应该将这种计较的心情带到调查中去。对于受害者而言，不管什么样的案子都是大案子。他不想因为警方的习惯或部门之间的关系，而将案子分门别类，划成三六九等。

但也不得不承认，像这样再一次来到警察局工作，果然还是难免会感到和警视厅的差距。不对，应该说是终于想起来这种差距。

还在总部的搜查一课凶杀组时，他是真的只负责凶杀案。案子发生后，前往设立了特别搜查总部的警察局，和那里的调查人员互相配合，一起外出寻访，过去三年不到的时间里，他做的都是这样极富专业性的工作。

那之后，叶山通过了巡查部长的升职考试，再次来到了警察局工作。现在工作的地点是位于世田谷区松园的北泽警察局。本来按理说至少要在地方课工作一年，但由于种种原因，叶山最后还是被分配到了刑事组织犯罪对策课的强盗搜查组。也就是从表面上来看，他所负责的案子性质和搜查一课时代并没有什么不同。

但实际的工作内容却有着天壤之别。

北泽警察局的管辖地区几乎都是安静的住宅区，所谓的强盗事件无非也就是飞车族升级版的事后抢劫，抑或是一些吵架级别的伤人案。的确，下北泽车站前的商业街很热闹，但由于这是以年轻人为主的商圈，商业委员会的防范意识也比较高，所以一般所谓的暴力事件在这里也是十分罕见的。事实也的确如此。叶山来到这里三个月，其间所经历的无非也就是几件和醉汉有关的伤害案，以及一起发生在居酒屋里的猥亵未遂。他并没有轻视这些案子的意思，但按处理案件所花费的时间以及量刑的轻重来看，这些案子和以前的差别还是十分显著的。

同时，自己坐在桌子前的时间也有了很大的变化。

以前待在搜查一课时，一旦发生案子，基本上在案子解决之前是回不了总部的。因此，他也几乎没什么机会坐在总部自己的办公桌前。但在警察局，每天他都会坐在自己的办公桌前，在办公桌上完成大部分的书面工作。

当然也就会发生些电脑运行故障之类的问题。

“好吵哇，刚才开始就在不停地咯吱咯吱。”

坐在对面的担当组长椎名警部补朝他这边看了过来。

“不好意思，驱动好像有点问题，没办法读取数据。”

椎名起身看了看。虽然已经年过四十，但他对于机械类十分擅长，在科室内享有“电脑大臣”的尊称。

“到使用寿命了吧？驱动这种东西是消耗品呀，要么老老实实拿出去修理，要么就买个外接的吧。如果买外接的话，建议你买这个品牌的……”

话还没说完，电话响了起来。统括组长和其他两位警长虽然也在，但抢先接起电话的还是椎名。

“喂？”

不是外部电话，是警察局内某处打来的内线电话。

“知道了，让他过来吧……什么？那是什么呀，直接打110不就好了……好吧，我找个人过去。”

椎名放下听筒，保持着弯腰的姿态看向叶山。

“好像有两个老年人打起来了，家属现在在下面，要求警察赶快跟过去看看。今天是你值班吧，去一趟。”

在警察局有一条不成文的规定，就是当天的该局值班警员，也就是要上夜班的这个人，得去做案子的第一接待。这种时候是不问组别，也不管这个案子是刑事案、盗窃案还是暴力事件，都要由这个值班警员来应对。

“好的，我马上去。”

叶山没有切断电脑的电源，只是将显示器合上站了起来。

说来，这些不打电话给110，而是直接闯进警察局的人到底是怎么想的呢？是住得离警察局实在很近吗？

站在前台附近的是一位二十岁上下、身材小巧的女性。

负责接待的警员向叶山介绍说：

“这位是谷川小姐，她家的地址是松原四丁目。”

松原四丁目的范围也不小，但如果是从那块过来的话，走路怎么着也要十分钟左右，绝不能说是离警察局非常近的地方。

“我是叶山，可以告诉我发生了什么事吗？”

他想让她在玄关门口的长椅上坐下，谷川小姐却轻轻摇了摇头：

“那个，详细的事我们边走边说可以吗？能麻烦你，总之先跟我一起过来吗？”

“那么紧急的话，我让离你们最近的派出所的人过去。”

松原四丁目是哪里呢？是明治大学前车站派出所的辖区吧。

“不，倒也不是紧急，但还是希望能够快一点。这事不能拜托派出所的巡警，一定要找刑警先生。”

“为什么呢？”

“所以说，我们边走边说呀。”

女孩虽然没有拉他的手，但却用尽了各种办法，强行将叶山带出了警察局。当时的时间是十一点半。天气预报说傍晚会开始下雨，但头顶已经有了层层的乌云。

希望不要走在半路的时候下起来吧。

她的名字叫谷川千寻，是个大学生，却不知道为什么今天这个工作日的上午没有在学校里待着。

“听说是打起来了，不知道有没有受伤？”

“没有，没有到受伤的程度，只是脸颊肿起来了一点。”

“那你们叫救护车了吗？”

“没有。”

“受伤的是哪位呢？”

“是我爷爷，叫作谷川 zhengji。”

爷爷名字是写作正继两个字。据说现在是每月参加一两次某些理事会，其他时间每天就在家里待着，也就是所谓的隐居状态。

“说起来，到底发生了什么事？”

千寻略有所思：

“我也没有看到，所以知道得不是很清楚，只知道爷爷请了一个认识的朋友来家里，从早上开始就一直在下将棋。我是在一开始给他们送过茶，那之后就一直待在自己的房间里学习，所以知道得不是很清楚。”

“今天不用去大学吗？”

“今天没有课，不用去，但是有一个报告明天一定要交，所以我是在房间里打算做这个。”

没想到却发生了这样的事。

“家里有其他人吗？”

“我父母在外旅行，奶奶今天一早就出去看歌舞伎了，家里只有我和爷爷两个人。”

穿过三四层楼的公寓鳞次栉比的区域，走进了以独栋的二层楼房为主的地段。房子有新有旧，但不管哪户都有着少量的绿地，给人以麻雀虽小却五脏俱全的印象。

千寻所住的家应该也是这当中的某一户吧。

“就是这里。”

不，不同。谷川家比周围的任何一幢屋子都更大，房顶上砌着厚厚的瓦片，是一座十分气派的日式建筑。仔细一看还会发现，不知是否由于重新粉刷过的缘故，外墙的颜料看上去很新，让叶山看来甚至觉得有些现代的印象。

玄关的推拉窗也是簇新的，应该是近期有过大规模的翻修工程。

“请进，请往这边来。”

“打扰了。”

叶山被带到了玄关右手边有外廊的一间和室。

房间的最深处是一个壁龛，画着水墨画的卷轴，下面的壶看上去也总觉得价值不菲。

“爷爷，刑警先生来了。”

千寻对着外廊日式椅子上盘腿坐着的老人说。

老人的身材应该还挺高大的，椅子的坐高也不低，脸也是宽宽大大的。千寻说他一早开始就在下将棋，但现在他身边并没有棋盘，棋盘已经被放在了房间的一角收拾好了。

“我是北泽警察局的警察，听说这里有事发生，我就来了。”

谷川正继依然抱着手臂，就这样看着外面的院子，嘴抿成了一道缝。这样看来，他左侧的脸颊的确有一些红肿的样子。

叶山走到他身边，跪坐在了榻榻米上。千寻想给他一个软垫，叶山婉拒了。

“请问，发生了什么事？”

正继忽然举起了拳头，将什么东西砸向了走廊的地板。

“什么屁事！”

那个东西在地上弹了几下，滚了开去，叶山一看，那是一个将棋的棋子，却没看清是哪一颗。很有可能是步兵之类很小的棋子。

“只是让我悔个棋而已，那个男人突然之间搞什么搞？是想杀了我吗？是疯了吧，除此之外，别无他想！你们马上去把他抓了！”

老人满脸通红，用拳头捶打着自己的膝盖。这幅光景，如果老人要是有点心脏疾病的话，后果一定会很严重。幸好老人身上并没有看出那样的征兆。过了片刻，正继就恢复了平静。

叶山揣摩着时机开了口。

“那个，我这里也有很多没有搞明白的事情，下面让我一件一件按顺序提问。首先，是有什么人伤害了谷川先生您对吗？”

“……嗯，是的。”

“对方（尊称）的名字是？”

“还用什么尊称！”

老人又一次挥了挥拳头，但这次手心中应该没有其他东西，并没有飞出棋子来。

“请您告诉我那位人物的名字。”

“堀井 chengfu。”

姓氏应该是写作堀井，名字怎么写他不知道，年龄是在七十岁左右，也不精确。

“请问，您和堀井先生是什么关系？”

听了这个问题，老人似乎有些心烦地叹了口气。

“最早是在三轩茶屋的将棋沙龙认识的。当时曾邀请他有空来我家下棋，这就是我们认识的开始。到现在已经叫他来家里三四次了。”

“堀井先生是住在哪里的？”

“他说是在太子堂那边，具体地址不知道，我也没去过。”

从这里开车去太子堂的话大概需要十五分钟，如果坐电车的话，算上换乘之类的时间，应该会花上三十分钟左右。

接着询问将棋沙龙的地址时，正继伸手指向站在和室门口附近的千寻，命令道：

“把放在那里的包给我拿来。”

和室中央的桌子下方有一个浅浅的篮筐一样的东西，千寻将手伸进去，取出了什么东西。

“是这个吗？”

她手上拿着的是一个尼龙材质的腰包。正继点了点头。

千寻走过来将腰包递给他。正继从中取出一个长款钱包，接着又从钱包里掏出了像是一张会员卡一样的卡片。

“……还有，眼镜。”

为了省事，叶山直接拿过来看了。三轩茶屋将棋沙龙，世田谷区三轩茶屋 2-16- △。三轩茶屋和太子堂几乎就是相隔一条马路的距离。

得到允许后，叶山记录了沙龙的地址。

“这个沙龙是会员制的吗？”

“对啊。”

“那去到这里的话，应该就能找到堀井先生的地址吧？”

正继点了点头，同时将会员卡放回了钱包中。

叶山等正继放好后问：

“刚才您说，只是要求个悔棋他就动了怒，您所说的悔棋这种事，是频繁发生的吗？”

叶山的将棋知识仅限于棋子的走法，他对于更细的规则一无所知。

正继轻咳了一声之后，回答道：

“……在那个沙龙里，经常因为让不让悔棋的事闹出纠纷来，所以原则上是禁止悔棋的。但给不给对方悔棋也是看两个人之间的关系的，如果互相都同意的话，一般也不会有什么问题。”

“那么，您和堀井先生之间又是怎么样的呢？是可以经常悔棋的关系吗？”

正继将钱包塞回腰包里，思索了片刻。

“该怎么说呢……只是，都请到家里来下棋了，这种问题，应该不言而喻吧！又不是小孩子，悔个棋都要生气，这是脑子有什么问题吧？诉诸暴力什么的，简直难以置信！对吧，你应该也是这么想的吧！”

可是，正因为这方面的约定比较模糊，双方的认知产生了差异，这才导致了问题吧。叶山心想。

去了一趟三轩茶屋的将棋沙龙后，叶山很快就知道了堀井辰夫的现在住址：太子堂五丁目。顺手又根据会员名簿查证了一下年龄：今年九月就七十二岁了。谷川正继的年龄也知道了，今年六十六岁。

叶山造访了堀井家。堀井的家很小，看上去散发着一股清贫的气息。面朝街道的门面很窄，外墙也因为年代久远而开始发黑了。

按响门铃后，里面传来了女性的声音。

“来了来了。”

连对方是谁都不问一声就开门，这也太不小心了吧。叶山刚这么想就见门打开了，露出来一张女人的面孔，看上去就是一副很粗枝大叶的样子，往好了说是为人天真，往坏了说就是有些容易犯傻。年龄大概在四十岁。

“打扰了，我是北泽警察局的警察，请问堀井辰夫先生在家吗？”

女人来回看了看叶山的证件和他的脸，小心翼翼地点了点头。

“是的，他在家。”

“我有一些事情想问问他，可以麻烦您叫他一下吗？”

“哦……好的，请稍等。”

女人退了回去，在走廊的中间位置一个看着像茶室一样的地方和谁交谈了起来。很快，门口的珠帘动了动，一个身材矮小的老人走了出来。

“突然冒昧造访，打扰了，我是北泽警察局的警察。”

“嗯，我知道，我们去外面说吧。”

老人将脚伸进放在混凝土台阶上的凉鞋里，一手撑着鞋柜钻了出来。

走了几步后，堀井辰夫将叶山带到了位于神社一角的儿童公园里。

他用眼神示意了一下沙堆对面一张喷漆颜色有些脱落的蓝色长椅。

马上就要七月了，神社里的树长得密密麻麻，十分茂盛，一看就觉得会有很多野蚊子。但此时也不能要求太多。两人在长椅上坐了下来，叶山先确认了一下辰夫的脸色。

正继砸棋子时用的是右手，那他应该是个右撇子，如果他也要打人的话，打的应该就是对方的左脸颊。但辰夫的脸上并没有那样的痕迹，也就意味着所谓的打起来了这件事，准确的说法很有可能是辰夫单方面打了正继。

辰夫一边叹气一边开了口：

"你是想问谷川先生的事吗？"

他的声音有些鼻音，但也很清澈。不知是不是在为这件事反省，老人看上去有些颓然。老人的身材虽小，但却身材匀称，乍一看给人以一个健康老人的印象。

"是的，我刚刚去了谷川先生的家，听他讲述了事情的经过，但只听一方的讲述有失公允，所以我想也听听堀井先生的说法，所以才来找的您。"

堀井有些难过地咬住了下嘴唇。就是这个看上去十分温和的老人，因为悔不悔棋的问题，闹出了殴打事件吗？

"在谷川先生家到底发生了什么事？可以告诉我吗？"

辰夫有些垂头丧气地点了点头。

"……应该是在第二局快要结束的时候吧，我来了个抽车将，谷川先生说想要悔一步棋，我一听，突然就生气了……一个没忍住，就打了他一拳。谷川先生从外廊摔到了榻榻米上，动静很大。但我的怒气还是没有消，本来想追上再给他一拳的，但听见楼梯上有脚步声……今天早上他的孙女也在家，想到这里我才回过神来，就这样……逃了回来。"

也就是说，千寻的房间在二楼。

“你什么都没说，就这么突然打了他吗？”

辰夫微微皱了皱眉。

“当时是什么样的来着……我也不太记得了。”

“悔棋这种行为，就让你这么生气吗？”

辰夫依旧露出了努力思索的表情。

“那时候的确是，很生气。”

“你说是第二局，那你们是从几点开始下的呢？”

“我到他那儿，是八点半左右吧，我感觉是。”

“你是怎么去到谷川先生家里的？坐电车吗？”

“不，是自行车，只要不下雨，我去哪里都是骑自行车去的。”

到这里为止，两人的讲述并没有矛盾地方。

“第一局的时候，谷川先生也悔棋了吗？”

“没有，第一局他没有悔棋。”

“就在第二局的时候，突然要求的吗？”

“是，是的吧……我记得应该是。”

“谷川先生说和你是在沙龙里认识的，你们去的那个沙龙，原则上是禁止悔棋的吧？你们在沙龙下棋的时候，谷川先生也会要求悔棋吗？”

“哎呀，是怎么样的呢……我也不太记得了。”

看来，正继至少应该不是一个经常悔棋的惯犯。

“其他人又是怎么样的呢？你们沙龙里不时地会有悔棋的事情发生吗？”

辰夫轻轻叹了口气，抬起了头：

“打了他这件事，我很抱歉，我也没想到，这件事会惊动到刑警先生来调查……给您添麻烦了。我这是，要被抓起来了吗？”

叶山摇了摇头。

“听下来，应该只是轻微伤人，现在堀井先生也平静下来了，今天我觉得没有必要逮捕您。”

“那，我果然还是会因为伤人罪之类的罪名受罚吗？”

“这也是要看谷川先生的意思的，如果谷川先生希望提起刑事诉讼的话，也有可能会出现这样的结果。”

“如果这样的话，我是要去蹲监狱了吗？”

对于这个问题，叶山也显得有些困惑。

“现在这个时点，我也只能说不知道。接下来还要更详细地听取双方的讲述，由警察做笔录之后，历经检察、法院等这些手续，最后才会到监狱。仅凭现在听到的这些信息，我什么也无法判断。”

只不过，叶山心想，一般这种事情都是当事者双方坐下来好好谈，最终和解的居多。

到了晚上，千寻又来了警察局。叶山因为正好值班，这时还在警察局，不然这样晚上八点多的时间，她就算来了也没有人应对。

千寻在一楼的前台看见了叶山，赶紧点了点头。和她站在一起的生活安全课佐藤巡查部长有些惊讶地看向了叶山。

千寻快步跑到了叶山身边。

“那个，请问今天早上的事有什么进展了吗？”

从她说话的语调和表情上，叶山隐约猜到了背后的故事。

想来，今天早上让千寻来警察局的就是正继。那时候应该说的就是“派出所的警察搞不清楚状况，直接去北泽警察局找刑警来”之类的话，到了晚上，又开始嚷嚷着要知道刑警的调查进展。有可能是傍晚的时候就开始这么要求了，只是千寻忙着写报告，所以才在报告写得差不多了之后出门，就到了这个时间。大致应该八九不离十吧。

叶山决定让旁边的佐藤部长离开。

“不好意思，您能稍微回避一下吗？”

“啊，好的。”

“那，谷川小姐，请这边来。”

已经到了这个时间，所有的会议室应该都可以随便使用，但如果让她到人烟更加稀少的楼上的话，千寻反而会有些紧张吧。

于是叶山将她带到了一楼走廊最里面，局长室旁边的第一会议室里。

“请坐吧。”

会议室的桌子组成了一个口字的形状，他让千寻坐在离门最近的椅子上，自己则在她的斜前方拉出了一把椅子，和她正好隔出一个角。

千寻是个皮肤很白，眼神看上去很聪明的女孩。这样的女孩会按照她的封建帝王般的祖父的要求，接连两次来到警察局，只能说明要么性格十分老实，要么就是很为家人着想。

“下午我去找堀井先生，听他讲了事情的经过。”

叶山姑且把白天发生的事，一五一十地告诉了她。顺便婉转地补充了一下，说堀井辰夫现在已经在反省了，如果正继能够原谅的话，最好还是让当事人双方坐下来好好谈谈，达成和解。

但千寻的表情并没有转晴，不知道正继对她吩咐了些什么。

“正继先生那之后怎么样了？”

“嗯。”千寻轻轻地点了点头，“左脸确实还有点肿，但我觉得也不是什么太大的问题，他本来就是个喜欢小题大做的人，所以才搞成这样。现在就算是小孩子这种程度的吵架，也不会闹得这么大吧，真的是好丢人。”

叶山心想，但是也有一些事情，正因为小孩子做才能原谅，大人做就不能原谅的吧。

再向千寻询问一点吧。

“……那个，千寻小姐，你以前就见过堀井先生吗？”

千寻又轻轻地点了点头。

“以前也见过，堀井先生看上去是个很温和的人。所以今天早上的事情我也有点意外。不过也没准有可能是我家的爷爷说了什么让人生气的话……这种事情也时有发生。”

这句话让叶山无法就这么听过就算。

“这种事情，指的是什么事情？”

“啊……也不是什么事，就是偶尔会和邻居吵吵架，就这样的程度。本身他也是个很蛮横的人，所以我想，也只有堀井先生这样温和的人，否则换了其他人，都不会来我们家吧。”

这个小姑娘到底是为了表达什么而来的呢？从她嘴里说出的，尽是些将自己祖父置于不利立场的发言。

沉默了片刻后，千寻又继续说道：

“还有件事，虽然我听得不是很清楚，但是……”

是正继说了什么吗？

“嗯，我听见楼下传来响动，但不知道发生了什么事，我从房间里出去的时候，听见楼下传来很生气的怒吼声，不是爷爷的声音，所以应该是堀井先生的吧。”

“你听见他在吼什么？”

千寻歪着脑袋略有所思地说：

“被你杀了，什么什么的。”

“被你杀了？堀井先生说了这样的话吗？”

“大概是，而且听上去也很激动，我想应该是这个意思。但我下到楼下的时候，堀井先生已经怒气冲冲地走到走廊上，准备回去了。我赶紧去旁边的房间里一看，发现爷爷瘫坐在榻榻米上，一副惊呆了的样子。那之后过了一会儿，爷爷才开始发怒的。”

这是怎么一回事呢？

“堀井先生说的，是谁被杀了？”

千寻把脑袋歪向了另一个方向。

“说的是什么呢……好像是‘他’什么的，那种感觉。”

如果是老年人之间的对话，有没有可能是一瞬间想起了战争时的记忆呢？叶山起初以为是这样，但仔细一想，辰夫现在七十二岁，正继六十六岁，战争结束那年的辰夫也只是个小学生，正继则是刚生下来没多久。所以应该跟战争没有关系。

那么，这句“被你杀了”的话，指的究竟是什么呢？

值班日结束之后的第二天，轮到叶山休息。

难得的休息日，本应该去下北泽附近买买东西、看看电影或戏剧，但可惜叶山对那一方面毫无兴趣。一定要说的话，他的兴趣爱好是读国外的科幻小说。可是看书的话，就等于要在宿舍里待上一整天，从精神健康角度来说并不好。

叶山也知道自己应该多去外面走走。偶尔地，搜查一课的前辈菊田和男、汤田康平这些人会来邀请他，但至今为止没有一次日程能够碰得上，所以也就一次都没有应邀过。曾经的直属上司姬川玲子也曾打电话来过一次，但那时候也只是互相简单地报告了一下近况，并没有做什么约定。

没错，对于叶山而言，可以称之为朋友关系的人，几乎是没有的。当然，也没有恋人。以前也有过短暂交往过的女性，但那也是很久以前的事了。

也许，在自己内心的某处，认为享乐是一件罪过吧。喝酒这件事也好，拍着旁边人的肩膀大笑也罢，对自己而言似乎都是不被允许的。初二那年的秋天，自从目击了那场杀人事件以后，这种名为禁欲的欲望一直持续到如今。要说对自己而言，有什么唯一可以得到解放的时间的话，就是从事案情调查的时候。

目睹了杀人的场面，却依然选择了沉默的自己。看不清脸也听不清声音，只是一个巨大影子的杀人犯。那种罪恶感和恐怖感，虽然没有达到影响日常生活的程度，但叶山总觉得自己的大脑深处有一块长期以来都挥之不去的阴影。

这块阴影只有在从事案情调查时会散去。所以不知不觉中，就算是不上班的日子里，叶山也会忍不住思考起有关案情的事来。只要有空，就想着调查些什么，想去现场看看。

今天也是这样。没有过多的思考，不知不觉地就来到了堀井家的附近。

时间是傍晚的四点半。叶山站在玄关门口，犹豫着要不要按响门铃。

“您是有事儿吗？”

背后传来问话声。叶山转身一看，身后站着一个牵着小型犬的男性。年龄大概是四十岁，眼睛的轮廓和辰夫很像。也许是辰夫的儿子，前天出来开门的女性的丈夫吧。

“打扰了，我是北泽警察局的警察。”

叶山给他出示了一下证件。就算是不上班的日子里，他也会随身携带着证件。

“啊啊，就是那位刑警先生。”

不可思议，这是一个无法从表情上判断情绪的男人。声音的语调也听不出是善意的，还是为叶山的到来感到困扰。

“我老爸的话，现在正好出门了，好像是约了牙医。您要是有时间的话，要等等吗？”

男人用牵着狗绳的手指指玄关，但叶山摇了摇头。

“今天我来，是想找家属聊聊。”

当然，这也是叶山的突发奇想。

辰夫的儿子堀井隆仁将狗带进家里后，再次走了出来。

“久等了，我们去那边说吧。”

叶山点了点头，和他并肩走了起来。

“那是什么品种的狗哇？”

“是法国斗牛犬。”

“叫什么名字？”

“叫东哥。”

隆仁皱起了眉头：

“这和我老爸的事之间有什么关系吗？”

“不，没有，只是觉得挺可爱的。”

自家的狗被夸奖时，大部分的主人都会感到开心。隆仁也是这样。叶山觉得他的态度有了稍许的软化。

顺着隆仁的引导，两人走进了茶泽大道附近的咖啡馆。

隆仁忽然打量了一番叶山的衣着。

“顺便问一下，您现在是在执勤中吗？”

法兰绒衬衫和卡其裤，怎么看都不能说是执勤中的衣着。其实叶山在门前犹豫要不要按门铃，也是由于这身打扮的缘故。

“不，其实今天，我不上班。”

他以为隆仁会追问不上班的警察是否有调查的权力，但他并没有这么问。

“那就是可以喝酒了。”

隆仁第一次露出了笑容。叶山心想，今天过来没准是个天赐良机。

“啊，对，的确是……”

店内的光源是有些昏暗的白炽灯，墙壁上装饰着爵士乐唱片的包装，里面的柜台上一字摆开陈列着威士忌的酒瓶。这种时候要是能毫不犹豫地对服务员说一句“加冰”一定会显得很帅，但可惜叶山并不擅长喝烈酒。

叶山坐在单人沙发上看了看酒水饮料单。

“那……难得的机会，我就来杯啤酒吧。”

“我要高球。”

说来有些微妙，但其实在公安部，把人灌醉之后套出信息是很常见的手法。只要买单时是AA制，事后也不会惹上什么麻烦。

将干果拼盘作为下酒菜，两人就这样喝了起来。

首先问起案情相关的问题的是隆仁。

“不管我怎么问，老爸都只说是打了将棋朋友一拳，再多的就是不肯说，真的只是这样的吗？”

叶山微微一笑。

“对，看起来好像就是那样。对方的脸颊肿起来了一点，但连医院都没去，也不能说是受伤，只是……”

“只是什么？”

隆仁坐直了身体，身下的皮沙发发出了吱呀的低吟。

叶山也迎上了他的视线。

“我有一些在意的细节。”

“哈，是什么样的事呢？”

“辰夫先生身边的人，有谁遭遇了事故或者被杀的吗？”

“为什么突然问这么吓人的问题？”

“被辰夫先生打了的那个人的孙女说，辰夫先生和对方在争吵时怒吼了一句类似‘被你杀了’这样的话。倒也不是说，说了这句话就代表着一定有什么事，也有可能只是听错了，没必要太往心里去。”

隆仁盯着斜下方，思索了片刻。

“呀，没有那种人啊。我妈八年前就过世了，是病逝。”

这句话让叶山有些在意。隆仁说这句话时自己可能并没有意识到，但他在说出病逝之前特地加上了“所谓”二字，这就让叶山有些好奇。

“是什么病呢？”

隆仁像发出“啊啊”的声音一样，张嘴吞下了一颗杏仁。

“她本身的病是癫痫，很偶然地会发作。轻微的话就是一点认知障碍，就像痴呆一样，严重的时候就会全身紧绷并抽搐。最后一次发作是在浴缸里。所以与其说是病死，更准确的说法应该是溺死，也就是事故吧……那时候也是不巧，由于工作的缘故，我们夫妻带着孩子都在马来西亚。把他们老两口留在这里我也很不放心，也真没想到会发生这样的事……那天就是突然接到我爸的国际电话，说老妈过世了。我们赶快回了国，但也没什么能帮得上的，葬礼结束之后就又回了马来西亚。之后过了两年，才因为正式的工作调动回到日本。”

隆仁说自己是在一家著名的电气制造厂商上班，在国外从事当地工厂运营相关的工作。

“有关您母亲病故的事，辰夫先生说过对谁有恨之类的话吗？”

“恨？”

隆仁思索了一番。

“得这个病本身也不是谁的错，事故嘛，我爸曾自责地说过，当时自己要是更小心一点就好了之类的话。说是这么说……但是家里房子又不大，浴室也很小，何况癫痫什么时候会发作谁都料不准，也不可能每天晚上陪她一起洗澡吧，而且要是处处都过度谨慎的话，日常生活都会过不下去了……”

隆仁在快要说完这番话前，忽然改变了脸色。

“怎么了？”

“啊，不过……”

隆仁用手指挠了挠衬衫的肩缝处。

“不管多小的事都可以，你尽管说。”

“嗯，怎么说呢……”

隆仁将面前还剩下半杯的高球一口气灌了下去。

接着，从口袋里掏出香烟盒，抽出了一支烟。

“唉……我爸曾经说过，不管怎么说，都是他的错。”

“嗯。”

“说来也是丢人，其实我妈在过世前不久，就已经没在喝治癫痫的药了。”

叶山对癫痫的知识储备几乎为零，但从隆仁的描述中很容易就能听出，癫痫是一种停药就很容易发作的疾病。

“当时我妈好像已经有一阵子没有发作了，他们就疏忽了吧。而且当时我爸工作的工厂因为业绩不好，好像发不出员工的工资。”

“你说的当时，指的是什么时候？”

“就是我妈过世前不久。应该是八年前，刚过完年的时候，大概是春天吧。”

“辰夫先生一直在那家工厂工作吗？”

“不，他在60岁退休之前，一直在一家大型金属加工工厂上班，退休之后才在我家的乡镇工厂里再就业的。毕竟是个小工厂，也正因为规模不大，资金周转不过来了就发不出工资，老两口接连好几个月没有收入。所以我妈好像才为了缩减生活费，省下了自己的药费。也是因为有阵子没发病，所以才大意了吧。我爸也很自责，怪自己当时为什么没有坚持让她喝药。”

因为没有工资导致生活陷入困境，为了节约药费则导致了妻子病逝。辰夫若是将妻子死亡的原因归咎于发不出工资的工厂，想来也合乎情理。

“辰夫先生有没有流露过怨恨那家工厂的意思？尤其是工厂的老板？”

“我觉得那倒没有，葬礼上工厂老板也来了。当然，因为的确是有段时间没发工资嘛，社长私底下也向我爸道了歉。但我爸好像并没有因为这件事感到生气，或者流露过怨言。”

“这也就是说，隆仁先生你也见过那家工厂的老板？”

“对的。老板是杉村先生。说是公司，其实总共也就五个人，还包括了老板和他儿子，会计则是老板娘，纯粹的员工只有我爸和另外一个人，就是这样一个小小的工厂。”

这样的工厂，应该不会有机会和谷川正继产生关联吧。但有没有可能就是他导致了工厂陷入经营困境的呢？比如工厂大客户的老板就是正继，因为他减少了对杉村工厂的订单，导致工厂的业绩恶化。

隆仁的讲述还在继续。

“我爸看上去虽然是那个样子，但他在金属加工方面其实是很有追求的……虽然他从没要求过我和他走上同样的道路，但他好像是很羡慕杉村先生家里父子两代一起工作的氛围的。所以他应该也是想多在工厂工作几年的，只是发不出工资的时间实在太长，实在也撑不下去了，所以啊……才在六十四岁的时候吧，退休了，终于下定决心，靠养老金生活了。辞掉了杉村先生厂里的工作，正准备开始自由的生活，可就是在那当口，我妈过世了。”

他终于点上了烟。

“……要是从这方面来说的话，我也有我的不是。要是日子已经难过到了需要节省药费这样的程度，他们只要跟我说一声，我就会汇款的呀！那之后我也跟我爸说过，为什么没有收入的时候也不来跟我商量呢？说了吧，他就垂头丧气地说，是啊，跟你商量就好了……他都这么说了，我也不好再说什么。”

隆仁举着酒杯，朝吧台方向说了一声“再来一杯”。

叶山的酒杯中，啤酒的泡沫已经彻底消失了，看上去就像一杯苹果汁一样。

说实话，叶山现在自己也不太知道，继续调查堀井辰夫是否还有意义。他甚至觉得这件事是不是可以就这样放到一边，等谷川正继再来报案的时候再想办法应对，这样就好了？

但，这件事中的确也有令他在意的地方。

两个老年人为了打发时间一起下将棋。一方要求悔棋，另一方为此大动肝火，动手打了对方。就算退一百步接受这样的剧情，可这期间那句“被你杀了”的怒吼又该作何解释呢？

辰夫出于什么样的目的才会说出这样的话？叶山知道，这个问题找本人询问是最快的，但在那之前，他还是想多了解一些堀井辰夫这个男人。

休息日结束后的第二天。叶山带着从隆仁那里打听到的大致地址造访了杉村制作所。

要去偏向现场和制造类的地方拜访的话，得在早上十点或下午三点去，这样容易说上话，因为这个时间一般是工人们休息的时间段。

杉村制作所也不例外。十点刚过五分，机械的轰鸣声就停止了，里面传来了“抽支烟吧”的说话声。

“不好意思，打扰了。”

大门开着三十厘米左右的缝隙，叶山将脑袋伸了进去张望着。

绿色的地板上放着天蓝色的塑料箱，里面装满了大量一模一样的金属环和螺丝。工厂里四处摆满了各种机器，既有几乎整面都是操作面板的大型设备，也有工作部分裸露在外，一不小心把手夹进去会十分惨烈的机器。

“你好，请问是哪位？”

从机器的阴影中探出脸来的是一个四十岁左右，和堀井隆仁差不多年纪的男子。男子穿着一件有些皱巴巴的灰色的工作服，戴着同样质地的帽子，嘴里还叼着一支刚刚点燃的香烟。

“打扰了，我是北泽警察局的警察，你们的老板现在在吗？”

“嗯，在哦。”

男子朝里面叫了一声“社长有人找”，叶山这才发现，他以为是机器阴影的那块区域，其实好像是他们的休息区。这次，一个和辰夫差不多年纪的男子又从那里走了出来。

“你好，请问有什么事？”

他用搭在脖子上的毛巾擦了擦额头。男子的身形有些微胖，戴着一副厚厚的眼镜。他背后还跟着一个年轻人，说是年轻，其实也和叶山差不多大了，应该在三十岁左右。

为了不引起他们的警惕，叶山尽量用平和的口吻问道：

“听说以前曾经有过一位名叫堀井辰夫的人在这里工作？”

“嗯，堀井先生的确是在这里工作过……”

说罢，男子的脸上浮现了阴云，“怎么，堀井先生出什么事了吗？”

“不是，他现在很好，也没出什么事。只是想询问一下堀井先生辞职离开这里的前因后果。”

“辞职的前因后果啊……”

社长请叶山进了门，将他带向了工厂里面的一间办公室。办公室里有一位穿着粉红色 Polo 衫的女性坐在桌子前，应该就是负责工厂会计业务的老板娘吧。

叶山在接待宾客用的沙发上坐下后，老板娘就端出了大麦茶。

社长在对面坐下，自顾自地打开了话匣。

“堀井先生啊，我现在也还是觉得很对不住他。在他辞职前，就有将近半年左右的时间发不出工资，结果他就这样辞职了。而且啊，刚才你也看见了吧，除了我之外，这里还有两个员工，年轻的那个叫健次，当时我拜托堀井先生在走之前把健次带会，堀井先生也是很尽力了，还说，我的工资可以先不发，但健次的工资一定要发上……他都这么说了，我也很不好意思啊，想着就算借钱也要把他们的工资付上。”

原来如此，辰夫就算拿不到工资也一直在这里上班，原来是有这样的理由。

“真的是多亏了他才能有今天，只有我和我儿子的话只能两个人轮班，现在这样再多一个人的话，两个人和三个人能完成的工作量是完全不一样的。现在我们能够吃得上饭，都是托了堀井先生的福。多亏了堀井先生，一边做着自己的工作，一边还把健次带出了师才离开。

“这一切，都是多亏了堀井先生培养出来的健次。如今我们就算想要培养新人也有点力不从心。要教新人的话，手上的工作就一定得停下。所以真的是，非常感谢堀井先生。”

社长摘下眼镜，用毛巾擦了擦眼角沁出的汗水。

“……不过啊，虽然我就是那个让他白干活的人，这话从我嘴里说出来，可能有点奇怪，但是，养老金制度这种东西到底能派上多少用场啊。听他说起来感觉很过分啊。”

社长这样一说，让叶山有些摸不着头脑，这是在说什么？为什么突然提到了养老金？

“堀井先生在养老金的事情上有过什么事吗？”

“别提了，就是那个一直很温和的堀井先生，在他的太太断七那天跟我说过这么一番话，当时他的表情很可怕呀，他说，‘我家老婆，就像是被厚生劳动省和社保厅杀掉的一样啊……’不，当时应该还是叫厚生省。”

不知是谁打开了机器的电源，伴随着“咔嚓”一声响，有规律的振动随之传到了叶山脚下。仿佛和机器的振动遥相呼应般，叶山的心底也按下了一个开关。

被厚生劳动省和社保厅杀掉的——

离开工厂后，叶山直接前往了世田谷的社会保险办公室（现在的世田谷养老金事务所）。因为手头没有搜查令，叶山没有办法详细地了解到堀井辰夫的养老金支取情况，但还是将他老婆的遭遇大致讲述了一下。听完他的讲述。办公室的职员无奈地叹了一口气。

“的确，从 1995 年开始到 2000 年之间不断有问题发生。从 2000 年 4 月开始因为法律又改善了，从这里开始又是另外一回事了。”

养老金事务所的人还是向他进行了一番解释，但对叶山而言，这样的内容完全不能让他接受。养老金事务所的人说是法律“改善”，叶山却越听越觉得这样的改变是越变越糟，虽然叶山本身还没有受到任何侵害，但听下来还是觉得义愤填膺。

到了这一步，叶山心里大致也有了结论。

“还想请教一件事，请问你们知道一位名叫谷川正继的人物吗？”

与叶山交谈的五十岁左右的所长十分自然地点了点头。

“当然知道呀，有一阵子他还被称作‘养老金教父’呢。”

到此，一切线索都连上了。

叶山向谷川家打了个电话，得知正继现在正因工作外出，要到下午才回来。这样也正好，叶山决定在他回来之前，先到图书馆去查一些东西。

下午两点半，叶山又联系了一次谷川府，得知之前不久正继刚刚来过电话，马上就要回来了。叶山在松原车站附近的蛋糕店准备了一些伴手礼，就这样前往了谷川府。

出来迎接的可能是正继的妻子吧，是一位年长的女性。她将叶山带进了之前也来过的那间和室。屋里，身穿夏季和服的正继邀请叶山坐到神龛前的上座，但叶山婉拒了他的邀请，故意跪坐在了靠近门口的地方。

正继将叶山带来的伴手礼交给妻子，屋里就只剩下了正继和叶山二人。

正继先开了口：

“那家伙道歉了吗？”

没想到，他问的第一句话居然是这个。叶山有一瞬间的生气，但想到他就是这样的一种人，心里倒也很快恢复了平静。

“是的。打了你这件事，他好像非常后悔。但我听下来总觉得有些难以接受。一位将棋的业余爱好者，居然会因为一次悔棋而打倒对手，这种事太不可思议了。但听了千寻小姐的讲述，我又觉得好像抓到了一些线索。不知道谷川先生是否还记得，堀井先生在动手殴打你时，有说过一句类似‘被你杀了’这样的话？”

那么一刹那，正继微微抬起了下巴。

“……不，我不记得。”

“我也没有找堀井先生确认，所以也不知道真相到底如何，只是我觉得自己现在似乎能够明白堀井先生之所以打了你的原因……这只是我的推测，如果想听的话，我也可以讲讲。怎么样，要听吗？”

“啊，说来听听。”

谷川压低声音说道，闭上了眼睛。

叶山挺直了身板，轻轻呼出一口气。

“……在我开始讲述之前，想先问问您。谷川先生现在是社会福祉医疗机构这个特殊法人机构的理事长，之前好像是在厚生省工作的吧？长期任职养老金局养老金课长，那之后依次历经养老金局长、保险局长，最终成为了厚生事务次官……攀上了厚生省后勤部门的巅峰。”

正继没有说话，应该是默认了叶山的讲述。

“有一段时间，您还被起了‘养老金教父’这样的绰号，在厚生省内应该是一位养老金的超级专家吧。”

谷川太太端来了茶和叶山作为手信带来的果冻，她也许觉得两人的座位有些奇怪，但却什么也没有说，只是将茶和点心放下就转身离开了。

“谷川先生，请告诉我，为什么只有缴纳了厚生养老金的人，在满六十岁后即便解除了暂停支取，也要从第三个月起才能支取养老金呢？”

所谓暂停支取，指的是年满六十岁后，虽然已经有了领取养老金的资格，但如果此人继续工作或有其他收入的话，就实行暂停支取养老金或减少养老金额度的政策。

正继眯起了眼睛，仿佛想要看穿什么般缓缓地看向叶山。

“……因为是法律规定的，所以才会这样执行啊。”

“真的是这样吗？1997年8月，针对一位66岁男性的控诉，社会保险审查会做出过这样的审查结果：根据现行法令的规定，解除暂停支取之后，养老金应该从次月开始支取而非第三个月开始……我也是现学现卖，要是讲错了还请您指正，但社会保险审查会应该是一家由法律认定的、现在来说的话属于厚生劳动大臣直属管辖的非常有权威的一个机构吧？这个社会保险审查会都已经给出了‘应该从次月开始支取’的结论，为什么当时的厚生省养老金局依然固执地坚持从第三个月才开始支付呢？”

正继没有回答，只是盯着他。

“根据我的调查，好像直到1995年3月以前，满60岁的公民如果依旧持续缴纳厚生社保，一旦想要支取养老金，都是要等到第三个月才可以。”

正继那苍白的嘴唇终于开口了。

“……那是肯定的，的确，条款很容易被误读，但立法的原意就不是从次月开始支取，而是从第三个月开始支取。”

没错。社会保险事务所的所长也和他说了完全一样的话。但离奇的是，厚生养老金法律中通篇都没有找到这样的法律依据。

“真的是这样吗？不就是因为法律条款也规定应当从次月开始支付，所以社会保险审查会才做出了这样的裁决吗？”

“不是，完全不是。正因为是这样容易让人产生歧义的条款，所以 2000 年国家才修改了法律的条款。次月支取是违反立法原意的，第三个月支取才是合法的！这个规定也是国会所认可的。”

根据叶山在图书馆查到的内容，在他可以理解的范围内加以整理的话，就是下面这样的变迁。

1995 年 3 月以前，满 60 周岁后依旧持续缴纳社保的公民一旦想要支取养老金，就一定要等到第三个月才可以开始支取。1995 年 4 月，修改养老金法案后，认定同样条件的这些人可以从次月就开始支取养老金，但厚生省和社会保险厅却无视了修改后的法律，在 1995 年 4 月之后也继续执行着第三个月支取的规定，一直持续了五年之久。而到了 2000 年 4 月，更是将养老金法律的条款直接修改成了“三个月开始”支取。

也就是说，厚生省和社保厅擅自按照自己意愿曲解法律，将本应次月开始支取的养老金强行改为第三个月开始支取，最终还将这样的曲解“合法化”，将法律修改为了谋取自己利益的工具。收缴社保时尽可能多地收，一旦到了需要支付时就毫无理由地直接砍掉一个月。这就是厚生省和社保厅的手法。

“为什么？为什么 1995 年的时候法律就已经改为了次月支付，你们却在那之后连续五年的时间里一直对这样的法律视而不见，砍掉老人们一个月的养老金？”

没错，堀井辰夫就是这五年时间中的受害者，付出了失去妻子的代价。

出乎叶山的意料，正继用鼻子冷笑了一声。

“你呀。你不知道 1996 年的时候，按照隔月支取养老金的人数就已经达到了10万人以上，光是将他们筛选出来的费用，就足以轻轻松松地超过追加支付的金额。而且，我们也很清楚地知道这样的行为一定会遭到大规模的舆论责难，我们怎么可能去做这样吃力不讨好的事呢？”

这，就是现如今日本的官僚腐朽的思考方式。

“我在1998年就已经辞官了，那之后的事情知道得也不清楚。但就关于这件事，在1995年到2000年之间的5年时间里，受影响的人数就已经达到了大约40万人，追加支付的金额也达到了700亿日元。就为了这么小的事，有必要冒着被骂得狗血淋头的风险去做吗？我们必须要将取之于民的财富更加有效地运用起来。那些疯狂嫉妒我们的民众总是在背后骂我们不知民间疾苦，说得好像他们很懂一样，简直愚蠢至极。掌握了应有的能力，经历过应有的试炼，我们才能走到今天这一步。对于应得的报酬，我们当然理所当然地接受，也完全不必为此感到羞愧。”

不知不觉间，叶山已经用力握紧了双拳。

“……所以堀井先生才会说出那种话吧。‘她就是被像你这样的人杀掉的’。他口中的‘她’，就是他的妻子呀。”

“你在说什么？”

“堀井先生在60岁时已经退休过一次，那之后又在镇上的工厂里再就业，继续工作。但因为一些原因，有一段时间拿不到工资。无奈之下，堀井先生只好开始准备办理支取养老金的手续……但在这时，他得到的通知却是养老金要在第三个月才开始支付。本来就因发不出工资而穷困潦倒的他们，不得不面对这种无收入的时间要再持续一个月之久的现实。到了这一步，最糟糕的事态也发生了。”

正继的眉间紧蹙，形成了一道道深深的沟壑。

“他的妻子一直患有慢性病，必须坚持服药，但为了节约生活开支，妻子停止了服药，结果却在浴室发病，就这样溺死了。堀井先生在那之后，和他曾经工作过的公司的老板说起过这件事。

“他说，要是能够早一个月拿到养老金，就能买得起药了，要是买了药让她一直喝着的话，她就不会死了。堀井先生说，她就像是被厚生省和社保厅杀掉的一样。”

“咯吱”一声，正继咬紧了牙关。

叶山没有管他，继续说道：

“堀井先生已经等了很久。等待着第三个月才开始支取的养老金，但他付出的代价却是失去了妻子。而你面对着这样的堀井先生，却再次让他等待（日语中悔棋即有等待的意思）。到底要让自己等到什么时候？！堀井先生一定是怒火中烧了吧……我的理解就是这样的。”

正继握得紧紧的拳头捶在了茶桌上。他妻子端来的茶杯被打翻了，茶水在桌上蔓延了开来。

“不要老说这样的蠢话！如果真是这样，害死堀井老婆的难道不是那个不给他发工资的小镇工厂吗？居然……恨到国家头上，真是离奇！不要脸也要有个限度！”

叶山摇了摇头，心想想要捶桌子的是他才对。

“这世上也是有人下定了决心，为了崇高的信念可以不拿工资地工作的。这世上也是有人拥有这样强大的信念，主动选择这条路的。

你们这些只要不败露就无所谓、明知违法也要继续做着这种形同诈骗的事，榨取民脂民膏的人有什么资格对堀井先生的决定说三道四！”

“给我闭嘴！”

正继按住茶桌的一端，身体朝他逼近了过来。

“你们这些家伙也是官僚集团里的人吧？警察不也会做假账嘛！不知民间疾苦也好，榨取民脂民膏也罢，你们不也贪图着那点停车场的资源、柏青哥的资源吗？不要跟我装傻！”

“说得没错。”

叶山忍不住往榻榻米上捶了一拳。

“的确，不管是否干部候补出身，警察中的确有贪图利益、中饱私囊、欺上瞒下的渣滓。但至少，我所尊敬的上司和同事都是一些敢于挑战不公、敢于和他们同归于尽的人！跟你这样的腐败官僚完全不同，他们是昂首挺胸地离开樱田门的！”

叶山将双拳抵在榻榻米上瞪着他。要是不这么做的话，他很可能会控制不住自己，像堀井一样趁势揍了正继。

“你给我听好，我在这里只劝你一件事。这次幸亏对方是堀井先生，打了你一拳就算结束了，换作其他人的话，你可能已经吃了刀子，也有可能被勒死了。真的，我也不知道会发生什么。”

叶山等了几秒，见他似乎没有反驳的意思，便站了起来。

走出和室时，谷川的夫人正站在走廊的当中。叶山低下头，就这样保持着低头的姿势，和她擦肩而过。

但玄关处却站着另外一个人。

那人正是堀井辰夫。

叶山和推着自行车的辰夫一起慢慢地往回走。

辰夫向叶山道了好几次歉。

“不好意思，真没想到你居然会调查到那种程度，果然，警察真厉害。”

“没有没有，大部分都是杉村先生告诉我的事，我只是在那之后稍微确认了一下事实而已。”

尽管如此，辰夫还是不断地道歉。

“都是我的不好，虽然是下过决心的事，但一切都是因为我不顾家庭，埋头工作导致的……但是虽然这连借口都算不上，我还是想说，我是真的喜欢金属加工的工作。这些金属片，即使用榔头捶打也不会有丝毫的变形，但只要经过我的手，就能自由自在地变成任何形状，变成和订单要求一模一样的成品。就连 0.01 毫米、0.001 毫米的误差都不会有。我也一直为此感到十分自豪……但是，我却连想都没有想过，我对工作的热爱给妻子带来了多少负担。男人真是，愚蠢至极的生物。”

走到松原车站附近，辰夫跨上了自行车。

叶山刚一想到自己可能今后再也不会见到这个人了，忽然就浮现出了一个疑问。

“堀井先生。”

叶山慌忙拉住了他自行车的后座，辰夫好像吃了一惊般回头看向了他。

“您说。”

“还有一件事想要问你。堀井先生，你是在什么时候知道谷川先生是厚生前任官员的？”

辰夫并没有马上回答他。他的眼神避开了叶山的视线，无意识地落在街角开满山茶花的树篱上。路灯还没有亮，傍晚的街角显得黑影幢幢。

终于，辰夫的脸颊上现出了淡淡的笑容。

不论多么善良的人，心中一定也有着邪恶的种子。他的笑容让叶山再一次明白了这个道理，那是一种勇敢无畏的笑容。

“只是，一点偶然……一点非常小的，偶然。”

辰夫微微鞠了一躬，踩动了自行车。他身后鼓起的衬衫在风中伸展开来，看上去有些微妙的活力。

叶山一动不动地站在原地，直到看着辰夫的背影消失在拐角处。

他不知道，自己是否在什么事情的想法上犯了很大的错误。

捶过榻榻米的拳头，忽然开始刺痛了起来。

四 推定有罪

1

我刚开始教书的那段时间，要在黑板上画图形，巨大的三角板和量角器是必不可少的，有时还会使用细绳代替圆规。因为觉得画图这件事就应该做到准确、美观，也因为觉得只有这样才能够做到为人师表。然而画着画着，这种想法就变了。即使从不规矩的图形中也能推导出正确的答案，或许这种能力才是最重要的。

考题所求的那个示意图上的角度，因为看上去是30度，所以就说服了自己那就是30度。然后拿出量角器放上去，那角度也与30度重叠得严丝合缝，于是便在答案里写了30度。毫无疑问，一个见怪不怪的状况，特别是对于低年级的孩子来说，属于常犯的错误。

但如果升上高年级以后还犯同样的错误，当老师的就该犯愁了。

“今天我们要讨论的，是图形的旋转移动问题。类似的问题，在四年级的末期应该已经遇到过了。当时碰到的，只有简单的连续旋转90度，或者是三角形在直线上滚动的问题。不过今天……不管怎么说，这已经是五年级的下半学期了，所以今天我们要把这两种类型的问题结合起来，讨论直线运动与旋转运动的复合问题。不过还是那句话，不要在一开始就把问题想难了。一道题的解法和答案，永远要比看起来简单得多，这么想就对了。小测验的试卷上只考学过的东西，真正的考试也不过是把平时学过的东西综合在了一起。所以，‘没问题，我能行，我一定能行’，希望你们能以这种心态去迎接挑战。”

这些年来，各种图形我都是刻意徒手去画。“可能多少有点歪啊”，先像这样事前声明，然后在众目睽睽之下一鼓作气把图形画出来。然而，“熟能生巧”这句话所描述的境界，有时候确实令人望而生畏。如此画上几年之后，但凡是个图形都可以在不借助任何工具的情况下画得几乎精准无误了。

“例如下面这种类型的问题。圆形在直线上滚动，从斜线上滚落后，继续沿直线滚动……”

特别是如果能把正圆画得圆润了，孩子们会特别开心。在补习班里做讲师，和在公立学校里当“正式工”不一样，保住饭碗拼的是人气。技巧和热情固然重要，但是能够让孩子们拍案叫绝的表演，在一定程度上同样不可或缺。不但要让孩子们体会到学习的乐趣，还要留住他们的兴趣，这样的“生意头脑”是一定要练就出来的。

只不过，在徒手画图的演出背后，还隐藏着另一层含义。

不要不假思索地去相信什么“眼见为实”。要亲自、仔细地去进行确认。看似30度的角，实际就是30度吗？看似正圆的东西，经过精密的测量后未必就是正圆吧？怀疑看到的每一件事，怀疑看到的一切。徒手绘图的教学行为中，便是被赋予了这样的信息。

没错，这片国土上充斥着欺瞒与伪善。

最糟的状况，是滚落到了只能任人欺骗的一侧。

同样糟糕的状况，是沦落到了不得不去欺骗的一侧。

上完课，接待完留下来提问的孩子们，再把试卷和作业判完之后，终于可以收工了。

“我先失陪了。”

“好的，您辛苦了！”

十一点半，夜已近半。街上已经没有孩子们的身影了。头顶上是被点亮的补习班招牌，然而灯光一旦熄灭，那东西就像是寿命已尽后被丢弃在房间角落里的玩具。

我走出不过十来步，从校舍里带出来的冷气已从身上散尽，转眼冒出来的一颗汗珠顺着脊梁骨滑落下去。领带早在下课时就已解了下来，贴身的汗衫原本就没有穿在身上。我已经不可能穿得再薄了。

从十七号国道横插进来的这条街道，被划分在一片有模有样的高档住宅区里。道路两旁是围墙高耸的宅院，以及乍看之下有可能被错认成时尚女装店和美发沙龙的独栋房屋。因此，当城市的其他部分都还亮着的时候，这一带已经暗了下来，到了这个钟点，反倒是路灯更耀眼了。

走到车站附近时，居酒屋以外的店铺均已打烊。不可能再去超市买材料自己做饭了，其实原本也没那个心思。

“欢迎光临！”

掀开暖帘，我走进这家此前光顾过几次的，由一对老夫妇经营的小店。扑面而来的是酒味、菜味、烟熏味，以及各色人等的体味混合在一起的通常意义上的“居酒屋里的怪味儿”。那味道绝对说不上好闻，但只消待上五分钟，大体上就可以当它不存在了。

位子选在了吧台前。连个酒友都没有，我也能厚着脸皮强占一张桌子这种事，对于一个四十一岁的人来说，早了点。

“啤酒、梅肉黄瓜，然后……油炸豆腐。”

吧台后面，店主那张仿佛油炸豆腐的脸皱得更厉害了，嘴里念叨着刚刚下单的内容。

很快，一碟冰凉的手巾端上了桌。于是我摘下眼镜，从额头顺着鼻梁，沿脸颊擦拭起来。其实特别想把它从领口捅进去，擦一擦腋下，但是该忍住的还是要忍住。

啤酒瓶和杯子紧随其后被端上来。前菜是干烧羊栖菜，这道菜里也掺了几片油炸豆腐。

店里只剩下靠近门口的一对老夫老妻。桌面上摊着空酒瓶和盛满鱼骨的碟子。两人似乎已经酒足饭饱，男人正用牙签剔着后槽牙，眼睛注视着斜上方。

顺着男人的视线望去，玻璃门冰柜上面是一台型号意外先进的超薄液晶电视。

大概是不喜欢看只有年轻男艺人出演的综艺节目吧，“老板娘，换个频道吧？”男人扬声说道。于是老太太驼着背，一声不吭地举起遥控器，顺着广告、谈话栏目、广告，一路翻找下去，最终停留在了一档新闻节目上。

“下面将继续为您报道其他消息。”

主要内容似乎已经播过去了。今天的头条是什么呢？临时国会、食品安全，还是东亚形势……

“今日晚八时左右，东京都世田谷区三轩茶屋附近的道路上，发生了一起男性流血倒地事件。就在刚刚，警视厅世田谷署发表声明，表示已查明该名遇害男性的身份。”

厚炸豆腐端上来了。上面盛的一大块姜泥，就像古装剧里的那样，好像堆成了小山包的艾绒。

“遇害者长塚利一，公司职员，今年七十七岁。调查结果显示……”

忽然间，仿佛有一支箭从斜上方射入了大脑。

长塚利一……该不会就是那个长塚利一吧！

看来不会有错了。虽然没有给出面部特写，不过画面下方的滚动字幕里确实显示出了“长塚利一”四个字。背景是数名警官在现场来来往往的情景。

“长塚先生于自家公寓门前遭遇身份不明者的袭击，胸腹部共计六处被疑似匕首的刃具刺伤，至今尚未在医院恢复意识。凶手逃离现场后下落不明。”

长塚利一遇刺了——

是吗……那家伙被人捅了……

到家后我便开始在网上检索新闻，一直折腾到了翌日凌晨。也收到了几封发给网站的邮件，但不论是靠哪边的渠道，都没有收获任何新消息。

于是天还没亮我就在报箱前候着，第一个收到早报后当场翻开来查看。

篇幅很短，但确实登出来了。

“东京都世田谷区三轩茶屋的自家公寓前，公司职员遭不明身份之人用刃具刺伤。被害者长塚利一（77 岁）于四日在接受救治的急救医院中不幸身亡。世田谷警察署现已将作案嫌疑由杀人未遂升级为谋杀，并确定将与警视厅展开协同调查。”

长塚利一死了，遇刺身亡了——

想到这里，我浑身的血液都沸腾起来，由此产生的蒸汽仿佛让身体悬浮在了空中。

太好了！太好了！人死了——

厚生省药事局原局长长塚利一被人捅死了！在对非加热制剂的危险性有所认识后却仍然坚持不予回收，他是使药害感染症蔓延全国的始作俑者。终于，他得到了应有的下场！

至于凶手是否是我们这边的人，暂时还无法确定。或许行凶只是拦路杀人魔所为。即便如此，仍然值得庆贺！就让我们由衷地庆祝，这个曾是旧厚生省罪恶轴心的男人的万劫不复吧！

太漫长了。战火打响后的这十五年来……如果从那起事件算起，已经有十七年了。自己犯下过重大的错误，付出过惨痛的代价。有过满腔怒火奄奄一息的时候，也有过被徒劳压垮、险些双膝及地的时候。但是都坚持下来了。而将长塚利一逼上绝路，置他于死地的，正是这种坚持的结果，现在的自己需要这样去相信。

长夜将明。打开电视，新闻里与党议员在国会进行答辩的身影弱小得无可救药。这群酒囊饭袋。正因为你们政治家的昏聩无能，我们国民才要忍受无谓之苦！新民党有意取代民自党也好，两党在众参两院中的席位各自过半也好，最终前功尽弃也好……你们这帮家伙，有什么事是你们能改变的吗？！“国事民担”，说得好听，不过是哗众取宠。矫正税金的去向也罢，捂死群居在既得利益上的蛆虫也罢，掐死趴在叶脉末端终生畅饮甘露的害虫也罢……哪怕有一件事是你们能做到的吗？！

所以才需要我们自己行动起来，缩小这个国家的阶级差异。

终于，轮到长塚的遇害案了。

画面中映出了一夜过后长塚家公寓门前的情形，不过没有现场记者，报道以播音员在演播室里宣读新闻稿的形式进行。

“遇害的长塚先生，生前曾就职于永绿制药……”

什么“永绿制药”！不就是因为在药害感染症一案中一败涂地名声扫地，才不得不改头换面的嘛！我就替你明说了吧，“旧绿川制药”。当年为保全公司利益致使大批无辜民众惨遭感染，如今他们依然将当年的幕后黑手统统收编为理事，更有甚者，连年从厚劳省回收那些“过保”的官渣，美其名曰“天人下凡”。这家企业的存在本身就是对社会的毒害，就应该被人指着鼻子、指名道姓地予以谴责！

案发现场淡出镜头后，画面中终于给出了长塚利一的面部特写。

没错，就是这个男人——

沸腾翻滚的血液在一瞬间冷却下来，缠绕着身体的升腾感似乎也消失了，仿佛喷涌而出的赤红色岩浆，再次无力地贴覆在地面上，冷却成了沉重暗淡的石块。

足以让人腾空而起的激动心情，在见到那张脸的瞬间化作了整整十七年的疲惫感，向下牵引着构成了这具躯体的每一个部件。

是呀，结束了。

这样一来，一场战役便也落下了帷幕。

转眼之间，意识已经被困乏的感觉所支配。

在那之后，新闻里的后续报道会继续关注，报纸和资讯网站上相关信息也都会尽可能地过目一遍。

事发后第三天，一家民营电台的昼间综艺节目率先触及了长塚利一的过去。节目虽然编排得不够严肃，不过节目组在筹划阶段便已准备好了说明用的提示板，这一点还是值得予以高度评价的。

“从旧厚生省到劳灾设施事业团，再到绿川制药……也就是现在的永绿制药，长塚先生在‘天人下凡’之后，又经历了移籍[①]，再移籍，最终走到了今天这一步，但其实在十五年前，长塚先生的儿子，就已经在某起事件中不幸身亡。好，让我们把提示板翻转过来。”

白色写字板被纵向翻转后，首先映入眼帘的便是营造出爆炸效果的，由红黄相间的锯齿状轮廓线圈起来的大标题。

靶向旧厚生官僚，凶手究竟是谁？

标题起得相当不赖。没错，揭开凶手的真面目，这确实是当前

① 移籍：户口迁移或改变阵营。

最亟待解决的问题。

“在汇总了多位目击证人的证词之后，浮现出来的凶手的体貌特征，大致是这样。身高一百七十厘米左右，年龄在四十到五十岁之间，男性。案发当夜头戴针织帽，身穿黑色或茶色系衬衫，以及宽松长裤。”

随后，播报员针对十五年前的那起事件进行了简要的说明。

名为大友慎治的五十七岁的男性企图杀害长塚利一，却误将其子长塚淳杀害。其后，大友慎治主动向警方投案自首，并在一审中被判处无期徒刑。面对这样的结果，大友慎治并未重新提起上诉，却在服刑期间，从现在算起的六年前，在狱中突发蜘蛛膜下出血死亡。

担任主持的艺人皱着眉头，指着提示板。

“换句话说，长塚先生在十五年前就险些遇害，只是当时在阴差阳错下，被杀的人变成了他的儿子，是这样吗？”

“就是这样。”

“但是这次杀害长塚先生的人，肯定不会是十五年前的凶手吧？”

“必然不会是同一个人。不管怎么说，十五年前的凶手已经死在狱里了。”

就是这么回事。这背后的意义，才是真正需要你们认真考虑的。

2

八月十二日，星期二，胜俣结束了中野区内的取证工作，正与所辖署的搭档一起，走在前往附近车站的路上。

脚下是国道沿线上的一条商店街，头顶上是商店街的透光顶篷。腰以下全部暴晒，所幸脸逃过了日光的直接照射，途经药店等商铺门前时，也许还会有“沐浴冷气”的意外惊喜。

忽然，长裤的前兜里传来了手机的振动。夏天的时候，手机只有揣在那个地方，感受力才最强。放在屁兜和包里，时常是察觉不到就略过去了。揣在前面，至少不会感觉不到。

“有电话……先停一停。”

胜俣瞅一眼翻盖上的小窗口，来电显示为设立在东京湾岸署的特搜号码。

“喂。”

“哦，是我。”

是搜查一课杀人犯班的八组长内田警部，胜俣现在的直属上司。

“你在干什么呢？”

“还能干什么……取证完了，正和杂毛脑袋晃荡着呢。”

天然鬈发的年轻搭档在一旁咂了下舌头。

“那就是准备往回走了？”

“不，可能的话，回去之前还要顺路再走访一家。新宿那边有个之前没碰上面的关系人。”

“是吗……新宿那边，能不能先就这么算了，早点回来。”

“怎么？”

“咳，别管那么多了，赶紧回来吧！”

说什么赶紧回来，从中野返回位于江东区边缘的东京湾岸署，紧赶慢赶也要花一个小时。不但要换乘三次轻轨，还必须从船舶科学馆那一站门口，沿着那条连个正经庇荫处都没有的坡路走上七八分钟。对于一个眼瞅着就要五十过半的人来说，最后那段不过十分钟的路，足以让他疲惫。

胜俣把手机揣回原先的兜里，冲着搭档侧着的半张脸说：

“叫咱俩马上回去。”

搭档一声没吭。都到现在了，杂丝脑袋这个叫法似乎还咽不下去呢。

回到署里，乘电梯上到讲堂那一层。

特搜本部就设在这间讲堂里。

“哟，胜俣警官，今天挺早啊？”从门口经过时，负责文案的中坚调查员跟胜俣搭话道。

胜俣却跟没听见一样把讲堂里环看了一遍。内田正坐在讲堂后方，由六张办公桌拼成的“本部会议桌”的一角。

“本人现已归队，等待进一步指示……到底什么事呀？”

内田一副难以启齿的样子，撇着嘴站了起来。

“啊……实在不好意思，还得麻烦你马上再跑一趟杉并署。”

“为什么？”

“希望你能接手某个案子的凶手调查。”

“那又是为什么？”

于是内田皱着眉，把脸凑了过来。

“是二组那边点名要你去的。他们说这个案子非你莫属，我也没办法。”

所谓的二组，即是刑事部搜查一课第一强行犯搜查第二组，是专门负责在各个所辖署设立搜查本部以及调度初期搜查的管理部门。

“我说你这人，又不是发育不全，就不能把事情说得再明白点吗？”

这副德行，亏你能当上警部。

“你说我也没用，本来他们也没和我说明白。好像是有个嫌犯因为杀人未遂被捕了，希望你去审这个人。”

“什么？都已经杀人未遂被捕了，让杉并署的人自己去审不就好了，为什么非得我去不可呢？”

原则上，搜查一课是只有在所辖署无法独立逮捕杀人犯时才会被传唤的支援部队。杀人未遂，外加嫌犯已经落网，这种情况下通常就没有一课出场的必要了。何况眼下湾岸署的案子又谈不上是有了眉目，为何非得放下这边的案子，去支援杉并署呢？

“关于这件事……”

内田四下看了看，确认不会被人听到后，说：

“抓到嫌犯的，是当时在巡逻的地域课的人。据那人所说，嫌犯身上溅到的血量，要远远超过被害者的出血量。”

“那不就是说明嫌犯自己也受伤了嘛！”

“那就不清楚了，毕竟我只是替二组传话。情况如何，你去看了再说吧！”

“万一我去了一看，就是嫌犯自己的血，怎么说？”

“那到时候……我会去吼二组的人。”

的确，如果只是吼人的话，哪怕是这么一个只会穷横的废物，大概也是能够胜任的。

算了，既然是点名道姓地要自己去，就勉为其难跑一趟吧。

“知道了……总之先去看看状况。”

“不好意思，那就拜托你了。”

看来又得沿着那条暴晒的破路，一路走回车站了！

到达杉并署时，已是傍晚六点多了。

上到三层刑组课的大房间里一瞧，几个穿西服的男人正在组长办公桌前扎堆。

“打断一下……因为区区一个杀人未遂就到总部哭天抹泪的，就是这儿的人吗？”

于是那一堆脑袋唰地扭了过来。一眼能数得过来的，算上组长总共六个人。这大概就是杉并署刑组课强行犯搜查组的总动员了吧。

貌似组长的男人起身向这边走来。他岁数和胜俣相当。

“没人求你来。因为总部说不准碰，不得已才把他圈在了小黑屋（拘留所）里，仅此而已。你要是懒得管，我倒是无所谓，之后就由我们处置了。想扭头走人的话大可不必顾虑太多，请吧。”

呵，跟我来这套。

“那就只能怪你们运气不好了！我也是被人牵着鼻子给拴在这儿的，如果不能拜见一下那个溅了一身血的嫌犯，想走都走不了哟……我也不要求你客客气气的，名片拿过来。”

说着，胜俣率先把夹着名片的手甩到了对方眼前。比胜俣还要矮上一截的组长，眯着眼瞪着那张名片，也把自己的递了过来。

【强行犯搜查组　统括组长　警部补　水岛三郎】

只看名字还以为是个歌手，但长相就不知怎么的，俨然一个钟情于民谣的乡村大伯。

胜俣拉开身边的一把椅子坐下了。此时已经过了正常的下班时间，偌大的刑警办公室里只剩下这帮人，以及和他们隔着一段距离的屈指可数的几个警员。

“你也坐下……然后用三两句话，把经过简单说一下。”

水岛一脸没趣地叹了口气，指了指自己的写字台，叫一名年轻人拿文件过来。

接过文件夹，水岛一面翻找一面正对着胜俣坐下了。

“首先，事件发生在今天的十三点二十分前后。本署地域课的佐藤巡查部长处于执勤中，在松之木二丁目十七号附近的路上，听到了某个男人的惨叫，之后对那一带进行搜索时，在一处民宅的院子里，目击到了本案的嫌犯，二十五岁的加纳裕道，正在挥动菜刀状的刃具，砍向本案的受害者——七十岁的中谷公平。虽然佐藤巡查部长有向本署请求支援，不过在警力赶到现场以前，佐藤就已经在受害者的协助下将嫌犯制服。”

胜俣向水岛确认了两位当事人名字的汉字写法。嫌犯，加纳裕道；被害，中谷公平。

“这些是现场以及周边的照片。”

照片中是一条只建有二层小楼的住宅街，路面狭窄。中谷家的房子相对较新。发生伤人事件的院子不过三坪大小。盆栽和盆景摆放得相当紧凑。

“然后，这个人就是加纳。”

尖下巴，细长眼，吊眼角。长得一副不折不扣的狐狸模样。痤疮的痕迹让那张脸显得脏兮兮的。胡子看着也是两三天没刮了。至于头发，说不好是为了臭美才留长的，还是因为懒得去打理才越拖越长。

“到此为止，有什么想问的吗？”

“嫌犯的姓名是怎么知道的，是他自己说的吗？”

“不是。因为查看了他的所有物。没有驾照之类的证件，但是有西东京市保谷一家影碟租赁店的会员卡。去店里问话的调查员刚刚传回了消息。此人住在西东京市保谷町六丁目，青云庄的二〇二号房。据说是一个人住。”

“嫌犯和被害者之间互相认识吗？”

“中谷表示不认识那男的。”

“……往下说吧。”

水岛点头。

“中谷的左前臂有两处被砍杀，右前臂一处，侧腹部一处，伤势较浅，没有危及生命。中谷在医院接受治疗后已经回家了。在配合取证这方面也没什么问题。当时似乎是身边恰好有一把高枝剪钳，中谷就攥起它，用来格挡。”

“那把剪钳有没有扎到嫌犯呢？”

“没有。体检结果显示，加纳身上仅仅有一些淤伤。”

这样一来，差不多就该进入正题了。

胜俣抓着自己的衬衫。

“我听说，溅到嫌犯身上的血量，非常惊人……”

“行凶当时，嫌犯身上穿的是这件衣服。”

又有新的照片被递到了胜俣手上。

乍一看就是一件红茶色的衬衫，但下摆部分可能是曾经被塞在了裤子里，那一条是干净的水蓝色。观察到这一点后再仔细一看，肩部和半袖的部分也还留有一些水蓝色的痕迹。再看下一张衬衫背面的照片就更清楚了，背后几乎是完好地保留了原有的水蓝色。

下面是驼色的宽松长裤。裤子也是从下腹部一直到大腿，都被染成了同一种红茶色。大腿内侧和屁股上有黑色的泥垢。

“的确，通常来说如果不是从正面砍断了两三根动脉，不太可能溅到这么多血。”

“是呀。根据中谷的证词，加纳从一开始就浑身是血。那副模样再加上拿着菜刀，中谷的防御本能就自动开启了，随手抓起地上的土块、石块朝加纳砍去，最终演变成了用高枝剪钳进行防御。”

原来如此。

“照这么看的话，加纳裕道很有可能是在袭击中谷公平之前就犯了事，以至于溅了一身的血。”

“没错。按照鉴定课的说法，附着在衣物上的血液已经彻底干燥，出血至少是在一天以前，最长有可能是三天以前的事了。”

距离出血已有一日，长则三日以上——

胜俣在大脑里重新回忆了一遍最近三天读过的报纸。本部调查期间别说是看电视了，连在署里听广播的工夫都没有，能让自己了解到负责案件以外信息的渠道，基本上就只有报纸。

胜俣突然记起某报纸的社会版，紧左边的一篇报道上——

“如此说来，昨天还是前天，碑文谷辖区内发生过一起刺杀案吧？我记得被扎死的，应该是个六十几岁的老头儿，还有他的儿媳妇还是什么人？”

水岛的眼睛似笑非笑地眯了起来。

“是在前天，在柿木坂二丁目，名叫冈田芳已的六十七岁男性，以及他三十一岁的儿媳妇贵子，被人扎死了。”

原来如此。怪不得二组想要把案子揽过来呢。

虽然不情愿做狭隘的宗派主义的走狗，但是有立功的机会送上门来毕竟不是件坏事。

晚上七点半，询问过拘留所里管事的人后，胜俣得知加纳已经吃过晚饭，于是以到九点半为前提取得了审问的许可。

在事务室里等待片刻后，加纳铐着手铐，系着腰绳被领了进来。交接过后，加纳被带往审讯室。水岛打头阵，胜俣在加纳身后盯着。倘若有任何奇怪的举动，胜俣便打算用手肘问候加纳的后脑。然而加纳只是慢吞吞地迈着螃蟹步，毫无反抗之意。

走进审讯室后，警员将腰绳捆在椅子上，然后解开手铐，胜俣在加纳的正对面坐下了。

因为是第一次接受审讯，胜俣姑且就供述否决权进行了说明，但是加纳听了也不见有任何回应。

“总之就是这么回事。能不能先说说自己叫什么？”

加纳两颗豆粒大的黑眼珠盯着桌面一动不动，整个人一点反应都没有，仿佛一只无法理解人语的爬行动物，又像是趴在岩石上的一只雨蛙。

“就我们了解到的情况，好像是加纳裕道这个名字，没搞错吧？”

于是出人意料地，加纳“嗯”地点了头。

“加纳裕道，名字对上了。”

加纳再次点头。

“被你用菜刀砍伤的那位老先生，你认识他吗？”

加纳坑洼不平的脸上掠过了一阵抽搐。

“名字叫中谷公平，是你的熟人吗？”

加纳胡茬儿丛生的下巴，以难以被捕捉到的微弱幅度颤动了一下。似乎是为了咽下口水。通常来说，大部分嫌犯在开口之前都会有吞咽口水的动作。这个男人又如何呢……

“所幸，他受的不是致命伤。但如果砍到的位置稍有偏差……哗的一下，滋出来的血可能会像喷泉一样把你给浇透了。”

又来了，喉结上再次出现了上下震颤。毫无疑问，加纳在心里已经按捺不住。

“中谷公平。你是因为认识这个人，才去家里找他的吗？”

于是，加纳缺少血色的嘴唇略过了一切预备动作，骤然开启。

“认识呀……他长得什么样，叫什么名字，我都知道。”

声音又细又高，仿佛声带没有发育完全。

“是通过什么关系，知道的？”

那表情大概算是在笑吧，满是痘坑的脸颊被堆成了扁圆形。

“刑警先生，你不知道吗？”

“你指什么？”

“那个人……中谷公平，是什么来头。”

什么意思？

“他呀，是个十恶不赦的罪人。”

“罪人？”

这次加纳是显而易见地笑了，而且笑得心满意足。

“这个家伙，这个老东西，原先可是邮政省的高官！”

恶意如细针一般，由正面刺穿了胜俣的大脑。

闹了半天，这又是一起针对前任官僚的谋杀案——

本月初，八月四号周一那天，长塚利一在世田谷署辖区内遭人杀害。案发之后，胜俣曾去会见了负责该起案件调查的姬川玲子，并警告她说事态可能会变得一发不可收拾。然而他万万没有想到，不过十天时间就轮到了自己上场“同台竞技”。不只如此，眼前这个男人甚至有可能就是长塚一案的真凶。不对，从那起事件中被目击到的凶手的着装判断，那个人的年纪应该比加纳大上许多……

加纳扭曲的笑容正逐渐扩散到整个脸颊。

“他从东京大学毕业以后就进了邮政省，在先后担任了近几邮政局局长、大臣官房长官、电力通信局局长等职务后，最终坐上了邮政事务次官的宝座。而在依愿退官以后，更是板上钉钉地，如愿以偿地通过“天人下凡”，当上了多媒体研究所这一财团法人的董事。之后又去了日本数据通信中心，这里也属于财团法人，然后利用董事长的位子，于五年前，被关东电信电话株式会社聘用为了代表取缔役副社长……”

最初见到的那张萎靡不振的脸孔就像是装出来的一样，如今加纳从正面直勾勾地盯着胜俣，眼也不眨地喷着口水，滔滔不绝。

“这还不算完！中谷在邮政民营化以前，兴建了不少完全没有效益的住宿设施，不断为自己增设“天人下凡”的落脚点。事实是一九八三年就出台了‘原则上禁止新建对公住宿设施’的内阁决议，但中谷对此视而不见！见批判的声音高涨了，他就谎称那些是休闲娱乐设施，明目张胆地拿这种骗傻子的借口给自己开脱，开什么玩笑！”

加纳忘我地把双拳砸在桌面上，弓着背，仰着脖子瞪着胜俣。

“这浑蛋千方百计地从国民手中榨取税金，然后贴上预算的标签挥霍一空，要么就在暗中设立一堆禁不起推敲的法人，把国库里的钱像放洗澡水似的灌进去，最终还不是为了让他自己肥得流油！没问题吗？！”

加纳的上半身依然伏在桌面上，右手的食指指着胜俣。

“像你这种，区区一个刑警，我才懒得理呢。歼灭更大的敌人，那才是我抗争的目标。警察的话，说的也是，就算不是厅长和警视总监，起码也要消灭本部长级别的官宦。我听说这帮人在背地里收了不少黑钱。而且无一例外地，这帮人在退官后照样会“天人下凡”，最终还不是扎根在安保和柏青哥的行当里颐养天年，嗯！？”

说到黑钱的事上，胜俣也是脱不掉干系的，但眼下他不想把这个提起来。

趁加纳叹一口气的工夫，胜俣把话插了进去。

“所以说，袭击了中谷公平的……”

“那还用说！当然是国民的怒火了！我仅代表全体国民怒火中烧的心声，让那些腐朽的官僚们尝尝正义铁锤的滋味！”

“柿木坂的那桩案子，也是你干的？”

“那当然了，这还用说嘛！”

本来不抱希望的，想不到他这么轻易就上了钩。

“冈田芳已！一九 ×× 年六月五日生人，享年六十七岁，东京大学经济学系毕业！”

来这里之前胜俣事先确认过了，基本信息都对得上。在碑文谷署辖区内被杀的，确实是六十七岁的冈田芳已。

“此人进入农林省，并在农林省改称农林水产省以后，先后担任过构造改善局总务课长、大臣官房审议官、食品流通局局长，以及农林水产事务次官。退官后继续担任全日本赛马协会副会长、财团法人全国酪农家协会会长等职务。冈田和其他官僚如出一辙，在职期间不断增设公益法人，以此确保“下凡”后有足够多的温床。而且这浑蛋还打着改善农业用水和土地改良的幌子，强行推进了一系列完全没有的水坝建设工程，不但让多数村落沉没水底，一切竣工之后又恰逢减耕政策出台，水田面积急剧减少，结果农业用水变成了无人问津的东西，让人哑然失笑。让你说说，好笑不好笑！”

加纳撩了撩他那头半长不短的头发，冲着天花板发出了诡异的笑声。

“……所以呢？”

胜俣故意拿他的话不当回事，于是加纳果不其然做出了过激的反应。

“所以呢？！你他妈一直在听什么呢？！”

两只拳头再次捶在了桌面上。

“所以，冈田芳已，也被我给杀了。”

“顺带还捎上了他家儿媳妇？”

“儿媳妇？哦，你是说事后跳出来的那个丑女吧？没错，她也是被我扎死的。那是肯定的。冈田芳已是用形同欺诈的手段榨取国民血汗钱的大罪人。不管是谁，只要用那些钱吃过一碗饭，就是与他同罪！他儿子也罢，儿媳妇也罢，当家的是骗子，全家都是骗子！”

加纳突然变回了一张严肃的脸。

“说起来，冈田那个儿子是干什么的？该不会也是个东大毕业的官僚后备军吧！？那就不是杀他老婆的问题，而是应该找个机会把那浑蛋也一并宰了！你们还不快去把人给我带来！”

还没动手呢，就连行凶的打算也一并交代了！

3

在这间连蝉鸣和车道上的热风都可以完全隔绝的办事大厅里，仓田只是一味地眺望着马路和来往的人潮。

来公司里访问的客人全部由前台的女职员接待。仓田能做的，仅限于当有人穿过自动门后表现出不知所措的情况下，上前告诉那个人如果是去公司里办事，需要先进行登记和领取访问卡。剩下的，就是两手交叉在身后干站着了。和原先当警察时在派出所里站岗没什么区别。但其实就工作环境而言，反而是现在优厚了许多。

派出所的那道门原则上是不许关的，所以站岗处的温度其实和户外差别不大。夏天的昼间超过三十五度，冬天的夜间也可能跌落到冰点以下。天冷的话，只要烧炉子大抵上都熬得过去。但天热不一样，你拿它毫无办法。打开电扇也仅仅是把周围的热风搅起来，交班的时候他向来是汗流浃背。

相比那时候，在写字楼里当保安要轻松得多。夏天的空调带劲得让人瑟瑟发抖，反倒是冬天怎么御寒成了问题。男人还好，可以在裤子底下加穿保暖内衣。可怜的是前台里的那些女职员，护膝在大热天里都成了必需品。长此以往，怕是会落下病根儿。

一个体型偏瘦，身穿西服的年轻人从门前经过。其实在长相上没什么相似之处，只因年龄相仿，便让仓田想起了死去的儿子。

八年前，英树杀害了与他交往近一年半的姑娘岛田彩香。当年两个人都是十八岁。英树上大一，那姑娘是晚他一届的高三毕业生。

从英树出事，到他死，四年时间里自己的所作所为可谓一塌糊涂。可就算是这样，一想到自己是除此以外无路可走的——尽管是最惨的结局，只要相信那是唯一的出路。但实际上只有悔恨搅动着内心。仿佛能将血肉搅成稀泥的对自己的憎恨，无时无刻不在心间徘徊，不由分说地促成着血肉的腐败和溶解。

“仓田先生，交班喽！”

肩上忽然被人拍了一下，仓田回过头，想不到又是一个和英树年龄相仿的同事，正冲自己露出爽朗的笑容。

英树不论是在接受警方调查时还是在法庭上，对杀人的动机都不曾详细陈述。只说几天前突然被要求分手，所以恨她。在此之上对杀人的事实供认不讳。去被害者家里找她，然后用事前准备好的匕首，刺杀了毫无抵抗能力的交往对象。东京地方法院将其行径裁定为有预谋的，且是残忍的杀人行为，宣布判处其五年以上，十年以下的不定期徒刑。就少年犯罪而言，这一结果算是重判。

判决后不久，仓田的妻子遭人杀害。凶手是那姑娘的父亲，岛田胜也。

仓田的人生在极短时间内发生了翻天覆地的变化。仿佛轮胎在湿滑的路面上打了滑，直至车头掉转 180 度，栽进护栏，才停下来。

曾经的一切像过眼云烟一样被封闭在黑暗中，消散不见了。原本未来所在的方向亦是完全不知所踪。

儿子是杀人犯，妻子死于仇杀，在此之上自己还丢了警官这唯一的身份。

人生的主题，也从原先的求个活法，变成了求个死法。然而当意识到这一点时，仓田忽然感觉视野开阔起来。

黑色的希望。

把儿子杀了，自己也一死了之吧。自己原本就坚信杀人应该偿命。也不会因为那是自己的儿子就想要对他网开一面。只要弄死了人，自己就也得死，天经地义。莫如说自己是应该以死谢罪。所幸被杀那姑娘的母亲也好，在牢里的父亲也好，都还活着。除了能动用自己的命对他们进行些许的补偿，自己的灵魂已经一文不值。

为此，仓田确实完成了相应的准备工作。从过去负责案件的罪犯中，拣出刑期之短与犯罪情节极为不符的，且是已经回归社会的两名前科者，吾妻照夫与大场武志，亲手执行了处决。先利用柔道中的背后锁喉技令两人失去意识，之后将吾妻丢在马路中央伪装成交通事故，大场则是让他服下超过致死量的违禁药物后弃尸。两桩命案最终均未立案，只被当成了意外处理。

这样一来，准备算是万全了。不管英树何时归来，仓田都相信自己可以毫不迟疑地杀了他。事已至此，手法已无关紧要，反正是要一了百了的。就算英树发觉了也无所谓。捅死也好，掐死也好，打死也好，总之心意已决，如何下手都不是问题。

假释当天，仓田到刑务所去接英树。面对这个在自己被捕以后，在自己被带上法庭时，在自己的服刑期间从未露面的父亲时，英树眼神呆滞，宛如一条被冲上岩滩后已经烂掉了半个身子的海鱼。

回到那个尘封已久，满是蛛网的家里，英树说出了第一句话。

“爸，你一定很想我死吧？”

想要回头的话，那一瞬或许就是最后的机会了。然而那种事，自己果然是办不到的。于是用贯穿始终的沉默，做出了肯定的回应。

“我明白的……自己捅的篓子，我一定自己解决。”

此后三天，英树在白天时多次离开家，之后的第四天早上，在房间里上吊自杀了。

那年他二十二岁。

英树死后过了五天，有位警官来家里拜访。名叫姬川玲子，搜查一课的现役调查员。

姬川上过香后转过身来，两眼中除了泪水似乎还含着恨意。

“……为什么，要逼死英树君！”

姬川在上个月就曾找上门来，指出了吾妻与大场两起命案中的疑点。而自己有意除掉英树的想法，也是在那个时候就被她说中了。

见仓田一言不发，姬川颤抖着叹了口气。

“为什么，就不肯等我呢！”

“……等你做什么？”

“我不是说过了嘛，会尽力保护英树的！而且也是想通过保护他，来帮助你！”

“所以呢，做不到就冲我来吗？”

应该说仓田自己是压根儿没想辩解，而且反而是希望她认为，杀了英树的人是自己，希望她能把眼前这个男人看得一清二楚。

“没赶上，确实是因为我能力不足……”

什么赶得上赶不上的，莫名其妙。

“可是你努力过吗？！到底是为了什么，才让英树在受审的时候，还有在法庭上，都执意不去说出那个真相，你有做过哪怕一丁点努力，去了解他心里是怎么想的吗？！”

英树心里的想法——

“虽然每次都因为拿不出像样的证据，被别人嘲讽成是只会虚构案情，但是英树君的案子，我还是一意孤行地进行了调查。至于这次调查的结果，我不知道你是否已经做好了心理准备去接受它。”

什么意思，这女人到底了解了英树的什么呢？

“请问仓田先生，你了解彩香的父亲，也就是岛田胜也工作的地方吗？”

“是一家生产汽车配件的工厂吧，怎么？”

“他们公司的社长呢，你认识吗？”

这是说到哪儿去了？

“我怎么可能认识呢。”

“那么，肯定也不认识那个社长的儿子了。”

毫无疑问，仓田只有摇头的份儿。

“英树君的案子，恐怕曾在县警搜查一课和少年犯搜查课之间被踢来踢去。案子最终是归搜查一课负责了，但是县警一课的人，对这种案子又能重视到什么程度呢？英树君当时还未成年，人证物证一应俱全，这种情况下，任谁都会认为扩大搜索是不必要的。哪怕换我负责，恐怕也不会再往下挖了。”

“你想说什么？”

姬川把脸凑近，注视着仓田的眼睛。

“岛田彩香的父亲供职的那家公司，社长的儿子石泽琢斗，有可能曾逼迫彩香和自己交往。”

仓田脸颊内侧的血液仿佛骤然失去了温度，在血管中逆流。

姬川从包里取出一份附带照片的报告书，冲着仓田。石泽琢斗，头发偏长，脸型瘦长，长相一看就知道是个公子哥儿。照片下面写着出生年月日，比英树大三岁。

“石泽琢斗是在什么情况下认识的彩香，我不清楚。可能是在公司内部的活动上、年会或是赏樱会之类的。也可能是彩香曾专程去工厂给父亲送便当的时候……我接下来要说的，是我在调查过程中遇到的一个姑娘，从她那里听来的一些情况。那姑娘是彩香的初中同学，在彩香出事的几个月前，曾有一个偶然的机会，在家附近的商店街里碰到过她。”

嫌疑犯在受审时的心境，大概就和此时的自己一样吧。被始料未及的证据堵在死胡同里，精神也逐渐被逼上了绝路。这种时候人确实是会感到喉咙干，会下意识地咽口水。

“据说当时彩香曾提起过，自己已经有男朋友了，却有另一个男人要求她和自己交往，因为这件事不知该如何是好。彩香口中的男友，指的应该就是英树君。那姑娘记得彩香说过，男朋友是同一所高中里的学长。所谓的另一个男人，就是石泽琢斗了。按照彩香当时的说法，那人是她父亲的社长的儿子。”

那个男的，又干了什么？

“那姑娘当时只是觉得，彩香是在跟她讲艳遇，简而言之就是想炫耀自己有多抢手，但是因为听的时候走心了，所以讲的什么都还记得。”

姬川直视着仓田的双眼，而这令仓田产生了错觉，仿佛姬川的视线已经穿透了那双眼睛，侵入了大脑里面。

“据说彩香还说自己很害怕，害怕如果不和社长的儿子交往，父亲可能会因此丢了工作。那位同学还补充说，虽然彩香说话的方式像是在开玩笑，但表情绷得很紧。”

仓田已经口干舌燥了，如今就连喘息也变得困难起来。

“虽然觉得多此一举，但我还是去见了石泽琢斗。”

血液开始冷凝成沙粒，向下倾泻着。

“我还什么都没问，石泽就叫嚣着说他和那件事毫不相干，说他什么都没干，而且有不在场的证明。我只是听着，等他全都说完了，郑重其事地问他：那你当着你的那堆朋友们，显摆说自己与女高中生交往的事，是编出来的吗？”

此时的仓田，全身都如岩石一般沉重了。

然而他会觉得，这份沉重才是自己应有的感受。

“石泽当场就哭了，坐在工厂附近的长椅上，嘴里反复念叨着，问我自己是不是要被抓起来了……可能吧，我临走前跟他这么说。”

姬川再次凑近了。

“彩香死前和英树君曾有过怎么交流，现在已经没办法知道了。我觉得那是她和英树君之间的，是只属于他们两个人的秘密。但是我很清楚……彩香一定是觉得活不下去了。她没办法原谅自己和石泽发生了那种事，又没法骗自己让自己不喜欢英树君，因为太痛苦了，太绝望了……所以才发生了那样的悲剧。我是这样想的。”

姬川所说的不一定全是事实。就像她在最开始时说的，一切都是没有证据的凭空描画。但如果其中包含着事实，哪怕只是部分属实——。倘若自己在事发之后，或者哪怕是在英树临出狱前，对这部分事实能够有所了解的话，事情是否会有所不同呢？那时面对英树的质问，自己是否能对他说，“不是你想的那样！你一定要活下去！”能否说出这样的话呢？

不知道……

仓田只知道，确实是姬川迟了一步。

临行前，姬川走出玄关又回过头来，这样说道：

“……拜托你千万不要急着给自己一个痛快啊！像你这样的人，如果等不及被痛苦折磨得死去活来，等不及被痛苦啄得一点不剩就一了百了的话，这世上就没有天理可言了……”

见仓田一言不发地杵在那里，姬川深深鞠了一躬，转身而去。

仓田知道在死这件事上，自己也是不会便宜了自己的。

到了下班时间，仓田换上便服后去管理处打招呼。

“辛苦你们了。”

两个值夜班的人正守在电视机前吃便当。

“哦，仓田先生，你等等。这些，没多少，你拿去吧！”

姓池本的上了岁数的安保员递给仓田一个白色塑料袋，里面装的是两根老玉米，长得又粗又壮。

“我老婆娘家是北海道的，每年都送来好多，也吃不掉，放坏了怪可惜的！”

“谢谢，那我就收下了。”

仓田说着，下意识地看了眼头顶上的电视。

进门时他就注意到了，新闻里正在报道以原官僚为目标的连续杀人事件。

原农林水产事物次官冈田芳已，六十七岁。

原邮政事务次官中谷公平，七十岁。

“仓田先生，不急的话，喝杯茶再走吧！”

“啊，不好意思……那我就不客气了。”

池本递给仓田一把折叠椅，仓田坐在那上面等池本倒茶。不是麦茶，是用开水沏的绿茶。

另一个安保员——佐佐木，指着电视里说：

“我记得，除了这桩案子外，还有一起，也是前任官僚被人扎死了吧？”

见池本歪着脖子冥思苦想，仓田只好替他答道：

“是原厚生省的，药事局长那档子事吧？”

“没错！”佐佐木拍手说道，“那件事，应该是和药害感染有关吧……也不知道这两起事件，是不是同一个人干的。”

“应该不是，虽然有这个嫌疑，但报道里面不是这样说的。可能是还没调查清楚，也可能是凶手另有其人。”

“来，请喝茶！”

池本把茶杯递了过来。

“谢谢，我不客气了。”

“说起来，仓田先生原来是警官吧？”

“……啊，算是吧。”

而且也多亏了有过当警察的经历，才找到了现在的这份工作。

“具体是干的什么工作啊？”

“您指哪方面？”

“警察也分很多种嘛，刑事啦、机动队啦、地域啦。”

“您知道的挺清楚嘛。”

池本听了，笑眯眯地看着仓田。

“哪里！干咱们这行的，好多人原先都是警察。我偶尔听一耳朵，时间长了多少也知道了点。”

但是佐佐木把话题拐了回去。

“比起农水省和邮政省，现在最该剐的不应该是厚劳省嘛！养老金问题啊！月月缴，缴了几十年，到头来跟你说没记上账，要么就是账丢了，开什么国际玩笑！”

“说的是啊！”池本竖起食指，“其实是那么回事吧，窗口后面的人收完了钱，就直接揣进自己腰包了，不是都这么传嘛！性质太恶劣了！”

“厚劳省原先那个头头，可能是觉着，支付养老金这事还早着呢，所以就一个劲儿地花，都给挥霍了吧？说实在的，这种人才最该死呢！”

简直就是耍酒疯时才会冒出来的话，仓田想。然而这间屋里既没有啤酒也没有烧酒，有的只是一个茶壶、一个茶筒、两盒吃到一半的盒饭、三个茶杯，以及一个装着酱油脆饼的点心盒子。

“还有啊，那是哪儿的来着？叫什么什么托邦的，跟酒店差不多的地方，建了一大堆。”

“那些也都是挪用养老金建的，所以归根结底还是厚劳省吧？你说呢，仓田先生，是这么回事吧？”

池本冷不丁把话茬儿甩了过来。

“对，那些也都是，旧厚生省管辖下的特殊法人兴起的东西。”

“原先不愧是警官！”

佐佐木再次拍手称赞道。

仓田拿出一半心思和那两人说着话，另一半心思仍然顾着电视。按报道里的说法，警方果然是把原厚生省药事局长长塚利一的案子，和后来发生的两起事件分开处理了。

假使是同一凶手所为，整起事件就再清晰不过了。据报道，被捕的加纳裕道已经招供说，他是代表国民的愤怒犯的案。毫无疑问，药害感染症问题同样可以被囊括在这个范畴之下，所以就算杀长塚的人同样是加纳，这样的结果也不足为奇。

但如果凶手另有其人的话，事情就不堪设想了。这意味着将前任官僚锁定为目标的杀人事件，极有可能是同时多发的。事实上，据说在长塚一案中目击到的凶手的体貌特征，与加纳裕道并不相似。

此外还有件事悬在仓田心上。

英树出事前后，仓田曾负责调查一起针对外务省职员的杀伤事件。虽说不是官僚只是草根出身的普通职员，从某种意义上讲，受害者松井这个人的心术不正却是有过之而无不及。不但投机取巧利用出租车票挪用公款，还用公款将原先在外务省供职的女职员当情人包养了起来。意识到劣迹有可能遭媒体曝光，松井甚至把猥亵妇女的罪名栽赃给了责任记者，致使其在行业内遭到了封杀。

辞职后，无处可去的仓田坐在广场的长凳上。就坐在奇迹般捡回了一条命的松井所住那家医院的广场里。

在那里他遇见了凶手川上纪之，并和他简短地聊了几句。

川上对于没能杀死目标松井感到懊悔万分，并在讲述时使用了“替天行道”的字眼。

仓田内心的某种东西被川上的话语缠绕住了。鬼使神差地，仓田把松井的病房号告诉了川上。

最终川上潜入了那间病房，乱刀刺死了松井。据说川上只瞄准松井的躯体，集中地、连续地，捅了他四十三刀。

警方接到护士的报警电话赶到现场后，当场逮捕了川上。

仓田已经做好了思想准备。毫无疑问，将病房号告诉川上的人是自己，而正是此举引发了一桩杀人案。

然而事与愿违，调查的矛头始终没有指向仓田。似乎川上也做好了觉悟，甘愿在不触及仓田的情况下坐穿牢底。

回想起来，川上的所作所为，同样是以纠正省厅的不正之风为目的的犯罪行为。

其实，也算是一种恐怖活动。

而令仓田在意的，就是这一连串凶案的背后，是否存在着一定的组织性和策划性。换句话说，是纯粹的偶然频发，还是有某个意图牵针引线。

倘若纯属偶然，那么对此任何人都无计可施。要么静待国民的怒火自行消退，要么期待官僚的气焰被事件打压下去。但如果这一切都是由某个人的意志引发的——想到这儿，仓田感到了不寒而栗。

就结果来看，事情不就是如此吗？

4

对于各所辖警署来说，辖区内一旦有命案发生，首先会派出强行犯搜查组和机动搜查队进行初期调查。无法在短时间内逮捕凶手的情况下，将向本部的刑事部搜查第一课发出协力请求。只不过，由本部派遣来的调查员，充其量不过十来人，也就是一个组的编制。然而，若想把特搜本部搭建起来大干一场，至少需要四十个人。这样一来就有必要从署里的其他部门，甚至是从邻近的其他署里调人过来。

这次，叶山就是以这种形式被调来支援的。

杉并署辖区内发生了一起杀人未遂事件，一名男性被捕。加纳裕道，二十五岁。若案情仅限于此，完全可以由杉并署的强行犯搜查组一手包办了事件相关的核实调查，然后向检方提起诉讼。但是这个案子不同。据嫌疑人加纳裕道供述，在该起事件发生的两天前，他就已经在目黑区的柿木坂夺去了两条人命。

转眼间，地处世田谷区、目黑区、涩谷区等第三方面的各警察署陷入了一片混乱。叶山所属的北泽署也被卷了进去。北泽署的地理位置，正好处在杉并署和管辖柿木坂的碑文谷署的中间。很快，叶山被指定为了派遣要员。会有这样的决定也是理所当然的，毕竟到去年为止，叶山一直待在专门负责调查凶杀案的搜查一课杀人犯班里。

山叶首先受命前往杉并署。此时的杉并署尚未决定是否要同碑文谷署的特搜展开联合调查，因此，尽快完成加纳住处的搜查工作仍是杉并署搜查班的最优先事项。

叶山也被安插在了家宅搜索班里。加纳的住处位于西东京市保谷町六丁目，青云庄的二〇二号房。房间里是铺着榻榻米的六叠大小，公用的厕所和厨房，没有浴室。今时今日几乎绝迹的昭和气息，在这里显得格外浓郁。

最先进去的是鉴定课的人。等他们完成了房间内部的拍照，以及对指纹、毛发等细小搜查资料的彻底采集工作，再换调查员进去，把能够展示加纳生活状态的物品统统搬运出来。从书籍、录像带，到CD、DVD，乃至垃圾箱里的东西、梳子、牙刷、发蜡、衣物、背包、枕套、被套、床单、笔记本、便签、信件、明细单、通知书、文件、数码相机、相册，以及最重要的东西——个人电脑。这些物品全部被装进由杉并署配备的面包车里拉走了。

作业告一段落，几名调查员陆续走到街上去抽烟。叶山虽然不抽烟，但是一个人待在现场里也无所事事，于是也站到了街上。

杀人犯班六组有一个姓中森的主任过来找他搭话。这次分组，叶山是他的搭档。

“你应该是前几年，在姬川的班里待过吧？”

“啊，对。您知道姬川班？”

“知道，印象挺深的。我记得当时是一帮小年轻凑在一起，咋咋呼呼的。我倒是觉得没什么，在旁边看着你们闹得欢腾，还挺羡慕。主任年纪轻轻的又是个美女，去喝酒的时候肯定能助兴吧？”

真是百年不遇的正面评价，叶山想。在他看来，姬川玲子在一课里永远是遭人嫌的那个。

在一旁抽烟的某个一课的刑警长插了进来。

“中森警官，聊什么呢？什么年纪轻轻的美女呀？”

“天底下就是有这样的女主任啊！而且搜一就有。”

“哎？！”刑警长做出了夸张的惊讶表情，“我怎么没见过呢！”

“这样啊。据说是随着和田课长的异动被一同请出了本部，不过今年春天的时候已经官复原职了。是个个子特别高的女人，是吧？叶山。”

“啊，听说她现在在杀人犯班的十一组。”

刑警长歪着脑袋。

“十一组啊……有过吗？那种美女……”

现如今的刑事部搜查一课里，总共有十二个杀人犯调查组，但是几乎所有的班底都不会在本部里过多停留，就像眼前的这位刑警长一样，时刻会被派遣到各个所辖署里执行调查任务。所以即使是同一个课里的人，互不相识的情况也是有的。

特别是眼下这个时候，凶案频发，本部的杀人犯搜查组可谓全力出动，且是一去不归。好比此次杉并署的情况，一个组的派遣编制都不足够，还要到各地的特搜挨个去借一两个人过来，才能勉强凑出一个调查班子。

中森像是想起来什么似的，“啊”了一声。

“说起来，十一组应该是入驻世田谷的特搜了吧？就是那个原厚生官僚的刺杀事件。”

“哦！”刑警长回应了一声，“是那个案子呀……这么说的话，如果咱们这边的嫌犯招供说，世田谷那档子事也是他干的，那两边岂不是要合并到一起，展开共同调查了？”

“不是没有这个可能！这样一来，到时候你就可以一睹姬川的芳容了！”

但是相应地，事态也会变得更加骇人听闻。

已经有连续三起杀人事件。

这样的犯罪可谓前所未闻。

回到杉并署的讲堂里，早上时还在准备中的特搜本部如今已经设立完成。

会议桌两两一组排成三列，每列十行，共六十个座位。那么到底能否凑齐六十个人呢？还是说，这是杉并署打算把碑文谷的特搜兼并进来，并以此获得调查主导权的表现呢？确实，嫌犯加纳裕道是被杉并署扣下的，态度强硬一点也无可厚非。

“啪”的一声，一只手掌落在了叶山穿衬衫的肩膀上。

“哟，小伙子。”

叶山回头一看，胜俣警部补就站在自己身后。听说这次的特搜，第一个找上门来的人就是胜俣，加纳的审讯也是由他负责的。

叶山冲胜俣轻轻点头。

“好久不见。”

虽说胜俣与姬川的水火不容众所周知，但叶山并不会因此就偏袒了姬川而跟胜俣交恶。当然了，关于胜俣动用非常规的礼金买通情报提供者的调查手段，叶山也觉得有待商榷，但是，胜俣作为一名调查员的行动力、情报收集能力和分析能力却是卓尔不群的，也是值得尊敬的。

不知为何，胜俣留意着周围人的一举一动，把身子凑了过来。

“你现在，是在北泽署的强行班吧？”

“是呀，请多关照。”

胜俣进而耷拉着半边的眉毛，抬眼看着叶山。

“这个案子结了以后，怎么样，让我把你弄回一课吧？”

这句耳旁风仿佛在叶山体内植入了某种不知会生长成什么的细

胞。要么是癌细胞，要么就是病毒。

“多谢您的关心。”

“怎么搞的，这算是答应了还是没答应啊？”

胜俣似乎急着要一个答复。

“只要是组织的安排，我去哪儿都行。”

“要是能选的话，你选哪个？我这儿，还是姬川那儿？”

想不到他也能说出这么幼稚的话，叶山不由得心生感慨。然而下一秒，他醒悟了。这话里有毒。依靠胜俣的推荐回归一课，但去处仍是姬川的十一组。搞不好胜俣是打算把自己当成他的卧底，打入现在的姬川班内部。

叶山有意识地笑了笑。

“属下是不会做选择的。毕竟我的职责，只是完成好每天被交付的任务。”

胜俣那张脸唰地拉了下来，此前仅有的一点亲切感已经四散而去，如今裸露出来的掩盖在皮肤与脂肪下面的骸骨，才是他的本来面目。

“……你这家伙，其实相当老谋深算吧。”

“什么意思啊？”

“不，没什么……就是觉得有点意思。”

胜俣再次把手扣在叶山肩上，之后便朝主席台走去。

不知是不是自己想多了，那背影看上去有点落寞。

会议过程中叶山收到了一条短信，不过直到会议结束以后，上过厕所，他才打开手机查看。

是姬川发来的。

“辛苦了。有事找你商量，今晚有空吗？请回电。玲子。”

面对这段依然不带出一丁点女人味儿的文字，叶山意识到了自己的苦笑。他一面在通讯录里翻找姬川的号码，一面朝电梯的相反方向——警署后面的楼梯间走去。

铃响五声后——

“啊，喂，是阿则吗？”

带有跳跃感的语调让人觉得怀念。

“好久不见。”

“你现在在哪儿？”

“现在在……杉并署。”

隔了零点五秒——

“是原事务次官连续杀人事件的特搜吧！”

姬川像是答对了随堂小考一样，压不住喜悦地放声说道。

“啊，没错。”

“我在新宿呢，马上要到阿佐谷去，咱们在那儿见一面吧？车站南口环岛，有富士荞麦面的那栋楼，上面有间叫Claudia的酒吧，你看那儿怎么样？”

说起话来滔滔不绝，不给别人插嘴的机会，这方面也是一点没变。

“你对这些地方挺了解嘛。”

“我是什么人你还不清楚吗？刚刚搜到的啦，在‘美食导航’上。”

叶山自然是没意见了，于是跟姬川说“那里就好”，挂断了电话。

不用说，是叶山先到的。他从半路上就开始担心会不会被胜俣跟踪了，于是随便找了栋楼走进去，坐电梯上到三层，然后顺着楼梯往下走，结果并没有碰到任何人。看来是不要紧了。

“Claudia”里除了吧台还有四个包间，就酒吧来说属中等规模。内装修是沉静的木纹基调，不过背景音乐的风格明显更具现代感。是爵士，但更融合（Fusion）。由屋内上方音箱爆发出的drumbeat，意外有种“拳拳入肉”的感觉。

大约十分钟后，姬川上气不接下气地走进来。

“……让你久等了，抱歉！我跟你说在南口，自己却跑去对面了。点过了吗？”

姬川穿一身亮灰色的西服西裤，而这让叶山想起来，他似乎从没见过这个女人装裙子的样子。西装下面是白色的坎肩。虽说是急匆匆赶来的，姬川脸上却未见脱妆的痕迹。

“还没呢。”

“喝啤酒行吗？”

“行。”

“两杯生啤！”

姬川冲吧台方向大声说道。

然而此情此景却令叶山产生了些许的陌生感觉。

姬川玲子，她曾经也是这样一个精力充沛的女人吗？

自从杀人犯班第十组的姬川班解散以来，已经过去两年半了。

在电话里无从感受到的，一股类似于明朗的，以前从未有过的强大内在力量，如今正从姬川身上显现出来。至于这种现象是好是坏，叶山无法轻下判断。对于把女性视作被保护对象的男人来说，接收到的或许是魅力被拦腰截断的反效果吧。但是，若能把她当作一个独立的个体来看待的话，姬川无疑是变得更加耀眼夺目了。

从菜单里选中几样下过单后，姬川说着“好久不见”露出的笑容里，已经见不到一丝来自过去的阴影。这样的变化，大概就是所谓的脱胎换骨吧。

叶山也向姬川低头行礼。

“好久不见了。”

“哎呀，阿则你是抽烟还是不抽烟来着？”

“不抽的。”

“这样啊。”姬川说着把烟缸推到了桌边上。

转眼工夫，两只玻璃酒杯端了上来。碰过杯，喝下一口，姬川的眼神已经完全进入了查案模式。

“……我说，你们逮到的那个加纳，是个什么人啊？”

像是这种单刀直入的说话方式，以及在原则上从不脱离工作状态，这些地方倒是仍和以前一样。

“抱歉。其实我也没有直接见过他，所以不是很清楚。”

“不是故意瞒着我吧？”

“不是你想的那样。”

叶山忍不住笑了。

“真的，我只是协助他们搜家，还什么都没搞明白呢，光是看发下来的资料，就已经够我受的了。”

于是，姬川像个孩子似的努起了嘴。

“你该不会是被顽铁下了封口令吧……”

“你知道得挺详细嘛，胜俣警官确实也在。”

“那当然了。因为他在我们这边的特搜刚刚成立的时候，就来找过我。就他那两条小短腿，走起路来还拽里拽气的，一见面就说，把资料拿出来！而且明显对这案子特别了解。我觉得他肯定有点什么，就装作没事人似的去二组打听，结果——”

姬川又喝了一大口啤酒。

“小牧警官偷偷告诉我，他被从湾岸署的特搜调去杉并署了。”

似乎是一课的强行班二组里有个“小牧”警官，虽然叶山对此人并不了解。

“总之，阿则，从我们这边的目击证言来看，三轩茶屋的凶手应该不是加纳。但是不可否认，这两个凶手之间恐怕存在着某种联系。所以啊……在特搜级别的协调令下来之前，咱们之间先互相通通气吧？这两个案子里肯定有点什么，肯定不是一点关系没有。说不定这种事以后还会越来越多，而且过去可能也发生过类似的事件。”

分析得太透彻了，叶山想。

而且就在接受姬川点拨的同时，某起事件的记忆忽然在叶山的大脑里活了过来，让他不禁“啊”了一声。假使自己是嫌犯的话，在刚才的那一瞬就已经把自己交代了吧……

“想说什么，阿则？”

叶山掂量了一瞬，把这件事隐瞒下来也不能怎样。

“呃，其实在去年……”

自己曾处理过一起不起眼的伤害事件。

以此为开场，叶山向姬川讲述了曾经是厚生事务次官的六十六岁男性，遭棋友殴打的事情。

姬川一副若有所思的表情，片刻过后唰地竖起了食指。

“……我说阿则，那个打人的叫堀井辰夫的老爷子，他怎么知道谷川正继是原厚生的官僚呢？”

是啊，其实这在当时，就曾是个谜来着……

叶山加入搜查后的第二天，署里下达了与碑文谷署展开联合调查的指示。特搜本部正式定名为“柿木坂　松之木　连续杀伤事件特别联合搜查本部”。命名中的地名顺序仅代表事件发生的先后，若论主导权，杉并本部的优势是压倒性的。

原因之一自然在于加纳是杉并署抓获的。主持家宅搜索，扣下加纳全部私有物品的当然也是杉并署。进一步说，加纳的审讯报告书是攥在胜俣手里的，想看的话就把统括权交出来——说白了就是这么回事。

不知是不是受了这方面的影响，叶山被从加纳的案子上调开了。碑文谷辖区内那起凶案的人事调查，是他眼下的任务。

交接后的第一天，叶山被安排与被害者家属——冈田芳已的儿子冈田晃一面谈。此人在事件中不但失去父亲，同时也失去了妻子——贵子。凶案发生时正值暑期，七岁的长男恰巧去学校游泳，躲过了一劫。

叶山与一课的中森走访冈田家时，晃一亲自出来接待，将两个人领进了摆着一组真皮沙发的接待室。房门正对的墙壁上挂着一幅近乎一张榻榻米大小的油画。主题大概是希腊的米科诺斯岛。白色外墙的民家沿山丘排列，天空中却布满了不可言说的灰暗感觉。可能是出自职业画家之手吧。还是说，是冈田芳已本人或某位家人的作品呢……

像是女佣的妇人给两位客人上过咖啡后，晃一率先开了口。

“所以说，调查进展得怎么样了？”

晃一说话时咬着后槽牙，仅用最小幅度的嘴唇开合发出声音。可想而知，他是在用这种方式强压着已经按捺不住的一肚子火。不难想象这个身体强健如橄榄球选手一般的男人在眼前突然丧失理智的情景。虽然这边毫无疑问也不是吃素的，将其制服或许能够办到，但若想做到毫发无伤或许就不可能了。

中森毕恭毕敬地低下头。

“目前署里正在调查另一起晚于本案两天发生的杀人未遂事件。等这个案子进入起诉流程了，会对嫌犯进行再逮捕，之后便会针对您父亲与妻子的事……”

“开什么玩笑！”

唾沫径直飞了过来。

“少拿报纸上的东西糊弄我！不是未遂吗？那个案子。就是身上被划了几道，人没死吧？那就应该让他靠后站！你们也不好好想想，这边可是死了两个人啊！在家里！两个人！是吧……杀了两个人，判死刑也不是没可能吧？很有可能吧？一旦确定了是死刑，其他罪名怎样都无所谓吧？按这个国家的法律来说。民事诉讼？去他的吧！还有那个姓中谷的，管他做什么！不就是个电话公司的副社长嘛！像他那种宅在家里的弱蛆，赔钱给他也是浪费！何况就那点可怜的赔偿金，我根本不稀罕！我就想要那个人赶紧下大牢，然后赶紧给我下地狱！”

不可否认，话都在理。但是在面对这种因杀人未遂当场被捕的嫌犯时，审问其过往的杀人嫌疑是不被允许的。此类行为在法庭上会被归类为“别案逮捕”，即属于非法调查的范畴。警方的举证能力也会因此遭到质疑。

“您的心情我能理解，但是依法办事也需要有相应的程序……不过在我们来看，冈田先生的案子是最亟待解决的。我向您保证，一定会把凶手送上法庭。”

“那还用说！”

这次是一拳捶在了矮桌上。

“新闻里不是也说了嘛，凶手已经对这个案子松嘴了。那意思不就是已经招供了嘛！既然如此，就是等同于调查结束了吧？赶紧起诉他啊！判了他啊！”

然而无法如此行事才是刑事调查麻烦的地方。

中森耷拉着脑袋。

“就像您说的，物证和证词已经有了，但是除此以外还会涉及状况证据和作案动机。换句话说，凶手是出于怎样的理由才袭击了冈田先生，凶手和冈田先生之间又有着怎样的联系？”

“这种事，去问那个姓加纳的弱蛆不就完了嘛！”

“当然，凶手也是要审的。不过也有些情况，是只有从被害者的角度出发才能看清的。还希望家属们能够积极配合我们的调查！”

“怎么个配合法？都已经这样了，你们还想要什么？！不是都已经被你们拿走了吗？我父亲和贵子的东西，不是已经被你们拿得一干二净了吗？！”

一干二净这个说法过了吧，叶山想，不过——

“所以，我们今天来是想请晃一先生回忆一下，看看能否想起什么。”

“让我？回忆什么？”

“关于嫌犯加纳裕道，和您的父亲，或是和您的妻子……”

“有什么好想的！”

晃一就像是要冲中森扑过去似的猛地站起来，不巧膝盖磕在了桌子上，咖啡杯哐啷一声跳了起来。叶山和中森的杯子倒是毫发无伤，只是晃一的杯子，应声跌倒在了桌面上，红褐色的印迹不断侵蚀着白色的桌旗。

然而晃一貌似无心顾及。

“你们都听好了！判他死刑！刻不容缓！要是因为你们办事不力判了无期，你们可以试试，看我不给你们好看！”

晃一双拳紧握。那是颤抖着的两团拳骨。

“你们要是不判他死刑，我就亲手判他死刑！二十年也好，三十年也好，只要他能活着出来，我一定亲手把他大卸八块……都听懂了没有！”

不管怎么看，晃一都不像是吓唬人的，也不像是说着玩的。

5

补习班每周会给学生们安排测验，六年级在周六,四、五年级在周日。不过讲师并不需要参与判卷。机读卡会被送去中国的分公司，由那边的员工统计分数，然后把成绩上传到网上。

但这并不是说，讲师在周末就可以休息了。为了方便学生在家里复习考试中的问题点，讲师还必须在课堂以外，在网上录制可供学生观看的教学视频。过程中当然是没有学生在场的，所以基本上是讲师一个人在镜头前自导自演。对于不能适应的人来说，这项工作是相当消耗能量的。

每讲完一段，讲师都必须有意识地留出供学生们领会的“间隔”。在形式上有点像 NHK 的电视授课，但肯定要比那个简化许多。

“……这次的课就到这里，请多关照。”

录制工作被安排在了本部的教室里进行，结束之后换下一位老师接力。

“那我先告辞了。”

老实说，需要录制这段视频的周日下午，是一周当中最累的时候。然而这天傍晚能喝到啤酒，却是一周当中最舒爽的事。但不管怎么说，不到四点就开始营业的店，总共也没有几家。并不一定要去多上档次的地方，有两道咸味小菜下酒便足矣。

“……欢迎光临！”

我钻进拉面店晒褪了色的红色暖帘，选一个能看到电视的位置坐下。店里没有其他客人。

“大娘，啤酒和大葱叉烧，然后……再来一份咸炒杏鲍菇。”

“是要大葱叉烧拉面吗？”

“不，下酒的那种。”

总觉得之前也是在这家店里，下单后被问了相同的问题。与其每次都要确认一遍，为何不直接在菜单里添一道“小盘叉烧”呢？

“下面为您播报新闻。”

没错，每周日下午临到四点的时候，都会插播五分钟左右的新闻节目。

“今日午后，东京都目黑区柿木坂一所住宅内，两名居民遭持刀歹徒袭击，被刺身亡。”

莫非——。某种预感跳了出来。

于是我盯住画面往下看，果不其然。

“惨遭杀害的是六十七岁的冈田芳已，以及三十一岁的儿媳冈田贵子。警方表示……”

男性一方的名字看着眼熟。应该是担任过几任以前的农水事务次官吧。

实在是没想到，长塚利一那件事才过去不到一个礼拜，就又下一城——

还不止如此。

冈田被杀后的第二天，原邮政事务次官中谷公平，同样遭到了持刀歹徒的袭击。遗憾的是，中谷公平只受了轻伤，而歹徒也已被当场抓获，但不可否认这同样也是一种成果。按照新闻里的说法，这次的歹徒与此前杀害冈田芳已的是同一人，不过眼下最振奋人心的，便是这个叫加纳裕道的男人已经确实采取了行动的事实。

有别于得知长塚被杀的时候，另一种截然不同的兴奋流遍了我的全身。一种仿佛正坐在过山车上，感受到车体即将提速的兴奋。延伸向高空的轨道上，自己正在被不断地牵引向上。乘上这趟车虽然是出于自己的意志，但是其后的展开俨然已经脱离了意志的掌控。无法对速度进行调整，也不可能让列车悬停在半空中。

脑海里描绘出了在前方等待着自己的风景。

伸出手就可以拥抱在怀里的天空。无可比拟，如天空般晴朗的畅快心情。

俯瞰大地，轨道的前端仿佛正欲扎入地面上的一点。但是自己知道，在那之前还会被重新拽回天上，被甩向四面八方，然后就像被按在了钻头上一样，打着旋地向地面俯冲——不只是客观地有所了解，而是在对此心知肚明的情况下，依然乘了上去。

不论将被牵向何处，自己都是有所觉悟的。

但有一点，这趟行程与坐在过山车上有着本质的不同。

脚下的这条滑轨，最终抵达的将不会是一切开始的地方，而是地狱。

感觉最近一连几天都没有做梦。想想以前，没有一晚不是在梦呓中惊醒，可怕得叫人发狂。

她的笑容越是安详，自己便越是想将手指刺入胸膛，将皮肤与血肉从肋骨上撕个精光。他的声音越是明亮，自己便越是要将头颅砸在地上，将双耳砸到不辨声响。

为什么？为什么到了现在却不来梦中相见？现在来梦里，我便也能以笑容面对你的笑容，用肩膀靠着你的肩膀，与你们一起笑语欢畅。

如今终于如愿以偿，你们与我一起，为我高兴，又有何不可？我做的一切，可都是为了你，还有你。

你们这是在怨我吧？说的也是。你们又怎么可能不怨我呢？

哪怕是间接的，是啊，把你们逼上绝路的，不正是我嘛。我以为自己正在干的，正是对那一切的偿还。看来还不足够啊。看来还需要更多，更多的祭品啊！还是说，从根本上我就想错了呢？这场战争根本没有意义可言，你们想说的是这个吧。

已经太迟了，我不是已经说了嘛。列车已经发出去了。我已经被牢牢地接在了铁轨上。只为一落千丈，正在被拉上万米高空。

再也无法回到当初了。但是我现在会想，这样也无妨。

这世界已让我无可眷恋。

6

八月十五号，星期五。加纳被送往检察院接受新案调查回来以后，胜俣重新开始了对他的审讯。

“怎么样，睡得好吗？昨天晚上。”

胜俣会这样问，并非是出于对加纳健康的关心。莫如说此人的精神面貌，反而比刚落网时有了明显好转。之前因出汗而打绺儿的头发，如今干爽多了。还是一脸痤疮，但至少不是灰头土脸的，不会让人觉得不干不净。

但是从眼神中反映出来的状况，就让人难以恭维了。怎么形容好呢？两只眼睛不对焦，像是在看胜俣，但其实没在看，似乎正在跟他说话的，是胜俣身后离他老远的另一个人。就是那种眼神。

“不好，睡不着哇。谁让我杀了两个人呢？”

嘴上虽然这样说，神情中却不带有丝毫的悔改之意。

“杀了两个人，怎么就睡不着呢？”

“为什么……嗯，因为会想起来啊。譬如说，刀插进去时的手感。”

“什么样的手感？”

“扑哧一下……”

“这是在说冈田芳已呢，还是冈田贵子呢？”

“都一样啦。还有过吭哧一下的感觉，因为顶到骨头了……我一闭眼，这些感觉就都冒出来了，所以睡不着。”

然而事实截然相反。熟睡、打鼾，拘留所的人在报告的备注栏里这样写道。

“那些东西跳出来，你害怕吗？”

加纳听了使劲摇头。

“不是害怕……而是感觉回来了，我的手就又开始痒痒了，所以才烦人。一直那样很难受的，不是吗？”

看来是没有酌情量刑的余地了……

“拿刀戳人让你觉得很开心，是吧？”

加纳扭了扭脖子。

“和开心，还是不太一样吧。”

“那是什么。”

“应该说，是成就感吧……”

“哦？怎么个成就感？”

“刑警先生，你可真是一点也不上道儿啊！”

加纳似笑非笑地来回摇头。

“我不是说过嘛。我呀，一直都在跟那些顶天立地的敌人进行着殊死搏斗，那些高耸入云，但又来无影去无踪的敌人。你听好，我们不过是地里的庄稼，是为了能结出税金这种收成，被人播种的农作物。表面上，都是同在一片蓝天下，都是同样的城市同样的街道，同样的设施同样的货币，但在实质上，他们不干活不劳作也能收割税金，随便找个理由就能随心所欲地挥霍。收割的和被收割的，蒙蔽的和被蒙蔽的，笑的和哭的……所以，我才要主动出击。与其被他们收割，被他们蒙在鼓里，不如先捅了他们，收割了他们的命。在被他们搞得痛不欲生之前，先让他们死不复生。”

若说完全不能理解，倒也不是。只不过——

“可是，你说官员们一点活儿不干，一点苦不吃，这件事也没有那么绝对吧？”

“啊……你不说我都忘了，你也是公务员嘛。不过你放心，我是不会把你们这些喽啰放在眼里的。能被我看上眼的，只有那些直接和预算编制挂钩的，从一开始就把国民当成产出税金的农作物的家伙，那些压根儿没有克己奉公的念头，把‘为民’二字堂而皇之读成‘欺诈’的贪官污吏。像你们这些，连自己在被人拔毛都无动于衷的小羊崽子，我才懒得搭理呢！”

加纳咬着牙，肩膀震颤着，强忍着不让心里的笑声迸发出来。

“难道不是吗？那帮家伙到底受过什么累，又出过什么力呢？是做梦梦见的吧？梦见他们人性本善？其实人家生下来就是来骗你的。因为尝到了做官的甜头，所以才进的省厅。因为爹妈就做官，了解做官的油水，所以才让孩子从小以东大为目标，而且无一例外地都是认准了法学部，为了更有效地实现当官发财这个人生唯一的目标。太无耻了，这帮人的做法……等一般人醒悟过来，早就赶不上了。”

什么意思？其实是自己也想进省厅，也想当官发财，却由于学历鞭长莫及之类的原因——搞不好是这么回事吧？

“现在应该不只收东大法学部吧？但就算是这样，努力也是必不可少的。”

“别傻了！谁跟你讲这种层面的事了？就是因为有这种想法，你们这些喽啰才成不了气候。”

加纳一拍桌子，仰到椅背上去了。

“说实在的，我原本还打算再做掉一个社保高官。目标都已经选好了，就是那谁，谷川正继，原厚生省的事务次官。说什么也应该要了他的命啊！要是能把他拿下，我也可以离神更进一步了！”

神？他指的是“神”吗？

不如以此为切入点，看看能否有所突破吧？

“……话说回来，你了解得很详细嘛！原事务次官级别的官僚，怎么就让你查得一清二楚呢？”

毫无前兆地，加纳的视线和胜俣对上了。

“现在这年头，只要你想查，没有什么是你查不到的。”

“但是你连很久以前退官的人现在住哪儿都知道。而且找上门后二话不说就动手，说明对方长什么样你也清楚。怎么查到的？”

面对胜俣的质问，加纳不屑地摇了摇头。

“没什么大不了的吧？住址也好，照片也好，想要做到不留痕迹，其实反而比登天还难。我觉得这里才是他们应该上心的地方。以前干过的脏事也好，如今藏身的巢穴也好，一直以来都避免曝光的长相也好，现在可是无人不知、无人不晓的，是想藏也藏不住的。对魔女的审判已经开始了！这帮人心里也应该有个数了。”

加纳已经忘乎所以了，而这正中胜俣下怀。

“比如说，上网就可以查到吗？”

“肯定啊！如今这年头，要是有人觉得收集信息可以脱离网络，那才是见了鬼呢。”

“具体来说，是要到什么网站去查呢？”

“话说回来，你自己试过吗？在网上找原事务次官的住址，可行还是不可行，你搜过吗？”

胜俣点头。

“试过……但一无所获。至少冈田芳已和中谷公平的地址，我在哪里也没看到。也没准儿是因为你被捕了，管理员就赶紧把数据删了吧。”

再有，就是还无法排除加纳本人就是管理员的可能性。

加纳再次震颤着肩膀，缓缓摇头。

“……神，才没有你想的那么不堪呢。即使是对待情报管理这种琐事，神也是怀有崇高理想的。怎么可能让你们这些凡夫俗子唾手可得呢？自以为神会昭告天下才是大有问题。除了说你愚昧，我真无话好讲。”

什么崇高理想，什么神！就算日本是八百万神明的栖息之地，也没有哪一号是被这么个不法之徒冒名顶替的！

“那就请你点化一下吧，那位神是如何管理的情报，我们这些凡夫俗子又如何才能有幸一见呢？”

话音刚落，笑容被从加纳脸上唰地撤了下去。取而代之的到底还是那副焦点难寻的眼神，以及青春过后的满脸疮痍。

“我才不要呢！怎么也不会泄露天机给你这种不可教化之人。”

可恶……这回看来是摊不上便宜买卖了。

晚间的搜查会议上，由胜俣呈上的调查报告，毫无悬念地陈述了加纳利用网络获取原高官个人信息的情况，然而具体手法尚不明朗。

相比之下，话题的焦点集中在了加纳作案前的行踪上。

宣读报告的是高井户署强行犯组的一名调查员。

“加纳于十号，周日中午十二点半左右离开冈田芳已的住处后，乘自行车前往驹泽公园，在那里潜伏两日后，于十二号的十三时过后，再次在中谷家宅院内犯案。”

而让加纳吐出以上供述的人，其实是胜俣。

“在驹泽公园内进行取证调查后，多数目击者证言均显示，确实有貌似加纳的人物曾藏身于矮树丛中。此外，加纳从冈田家住处前往驹泽公园时骑的自行车，目前还没有找到……有可能是被人二次窃取了。而加纳由驹泽公园前往中谷家宅院时利用的自行车，与加纳此前的供述相符，是他从公园内的停车场窃取的。玉川署已经收到了相关的被盗报案。”

换句话说，加纳在前往作案现场时所使用的代步工具，均不属于其私有物品，而是靠行窃非法占有的东西。此外，考虑到染血的外衣在骑行过程中过于显眼，加纳从途经一所民宅的晾衣杆上顺手牵羊了一件衬衫披在身上。在中谷家宅院行凶前，加纳将衬衫脱去，并计划在作案后再次罩上它逃之夭夭，岂料气数已尽，被巡逻中的警官当场抓获——

有关加纳在作案前的行迹确认结束后，继续由生活安全部网络犯罪对策课的调查员进行下一项报告。

“……眼下，对扣押的加纳的个人电脑进行调查的结果，由于作案前的数据已被删除，并且硬盘本身遭到了一定程度的破坏，老实说，分析工作进展得并不顺利。我们正在试图对数据进行修复，从目前的情况来看，还需要一些时间。”

管理官握起话筒。

“只要花时间，就能搞明白吗？”

调查员看了看手里的资料，又看了看主席台上的一干人等。

“关于这个问题……眼下可以给出的解释是，即使数据在系统的进程上被删除了，只要硬盘没有被覆盖，数据就不会真正消失，还是被保存在硬盘里的。而我们要做的，是通过某种方式，让数据重新回到可以被读取的状态……如果把硬盘想象成以前的磁带，可能会比较好理解。即使一盘磁带的贴纸被撕掉了，打算对它进行重录，但只要还没有录，音源就仍然保留在磁带上。电脑保存数据的原理其实和磁带相同。在数据确实被覆盖以前，如果只是把文件名这张贴纸撕掉了，数据本身还是完好的。加纳肯定也明白这一点，所以才想通过破坏硬盘，让数据彻底消失。不过他破坏得并不彻底，我们现阶段的预期是，花一定时间应该是有可能修复的。”

也不知是此人解释得不够清楚，还是胜俣的理解能力不行，但是总归一句话，还不至于束手无策，这个听明白了。

这件事，看来只有老老实实等结果了。

直到前不久，倘若想对电脑相关的事案进行非法调查，胜俣便会找上一个叫辰已圭一的男人。但是在三年前，辰已不知是惹上了什么麻烦，在板桥区高岛平的仓库街被黑社会用刀捅死了。

然而世道就是这样，你手上没有一两个会破解电脑的高手，真遇到事情的时候就抓瞎了。胜俣急需找到辰也的替代品，而最终让他瞅上眼的，就是下面要说的这个男人。

安藤斗真。不知为何，此人在社会的阴暗面里还有一个叫“新野”的别名。

当然了，自家门牌上挂的名字还是“安藤”。

“……来啦。”

“是我，开门！”

周围是破旧的密集住宅区，眼前是一扇坚实的铁门。只打开了一道缝的门后面探出了一张苍白、瘦长的脸。此人实际年龄三十八岁，只看长相的话会以为他要再年轻好几岁。

“怎么搞的，快点让我进去！”

门上还挂着链条。

“胜俣警官……您可真会挑时候。”

“闹了半天，有女人啊？”

胜俣的眼神往下一瞟，安藤浑身上下就只有一条内裤。

“是呀，所以来之前至少打个电话嘛。”

“其实我跟你们一样迫不及待的。要不这样，你干你的活儿，我陪那女的干活儿，也行。总之先把门打开，杵在这儿万一给人瞧见了呢。”

安藤把门关严，拔掉链条后重新打开。

“……请吧。”

不出所料，化妆品的味道、烟味、汗味，以及体液氧化后的刺鼻味道，不分彼此地缠绕在一起，充斥着整个房间。

“碍事的来喽！”

屋里的格局是厨房、西式房间、和式房间各一间。洋室被当成了机房，和室是万年不叠的地铺，但由于拉门是被摘下来的，女人手忙脚乱穿戴内衣的场面在胜俣眼前一览无余。

胜俣站在正慌忙穿内衣的女人背后。

“哟……要不要考虑考虑？我出一万，你出‘一筒’，怎么样？”

女人甩起一头金发，转身冲着胜俣就是一巴掌。然而想打中就没那么容易了。别看胜俣这副德行，怕疼怕得要命。

等女人挥了空，胜俣再一把接住那只细手腕。

“叫你拿我寻开心！”

虽然从长相上不容易分辨，这丫头似乎不是日本人。

“依林……到这边来。”

女人被胜俣松开腕子后，赶紧捡起榻榻米上的衣服，跑去安藤身边了。安藤安慰了女人两句。女人一边穿上裙子，披上外衣，一边点头。

女人的姿色相当合胜俣心意。屁股又紧又翘，身板也直溜，看着就让人心里舒坦。长相也撩人，一对猫眼和略显肉感的嘴唇。

“再见喽……拜拜。”

女人冲安藤乖巧地挥挥手，然后冲胜俣竖起了中指。

“胜俣警官……下面都挺起来了。”

“哦！以我这把岁数来说，相当可观吧？”

安藤一脸无语的表情，走进了和室对面的那扇门。那里面是一体化浴室。大概是想把黏糊糊的裆部清洗干净吧。

胜俣也转移到了洋室，围着半包围式的电脑桌看了一圈。桌面上摆着四台显示器，两组键盘，以及五个立式机箱。此外还有三台合着的笔记本电脑。笔记本电脑上有包烟，是骆驼牌的。胜俣决定“缴获”一根。

一根烟的工夫，安藤穿着短裤进来了。

“……说吧，什么事呀，这么晚了。”

“你这家伙，注意立场啊！说起话来可不要那么怨天尤人的！你在猪俣组那儿惹的事，是哪位大人物替你摆平的，你可要想想清楚。”

“是是是。”

安藤叹一口气，坐到了被桌子围在中央的椅子上，然后让胜俣坐在他旁边。

“那么，您看今天，咱们调查什么店好呢？”

“先溜进本部的数据库里瞧瞧吧。”

安藤听了，上下错开双眉。

“……咱不能这么搞啊。您得先告诉我想要调查的东西是什么。我可不想有事没事都往警视厅本部里钻。指不定在什么地方就把行迹败露了。”

“就你这样蹑手蹑脚地，还调查个屁呀！”

“所以说啊，说重点。到上个月末为止的数据库，已经让我备份到这边的服务器里了，不是一定要溜进去才能看。可是胜俣警官……有什么必要非得让我给你查呢？你不是警部补吗？自己上本部走正规程序不就完了？”

“有些情况下就是不能这么干。”

用自己的 ID 去查不归自己负责的案子，这才是名副其实的行迹败露呢。自己可不想犯这么低级的错误。

“少废话，按我说的做。用这边服务器上的备份就行，给我查查这二十年来，各省厅的事务次官，或者是相同级别的高官，有多少是曾摊上案子，被人害了的，给我过一遍筛子。”

安藤一边叹气一边点头，然后操作鼠标打开了几个窗口，再用键盘输入关键字。有时候被键入的则是一些意义不明的，由罗马字和数字组成的字符串，不知是密码还是一般人无法看懂的特殊命令。

等了约十秒，一条结果最先跳了出来。是十八年前发生在品川站内的一起伤害事件。显然不是自己要找的东西。

“我说你，这应该是由原事务次官引发的事件吧？”

“只靠关键字的话，很难将‘干’与‘被干’这两种情况差别化处理。”

下一个出现的，便是由大友慎治引发的长塚淳遇害案。

“嗯，这个就不用了，已经知道了，下一个。”

之后也检索出了几件符合要求的项目，但不论哪个看着都和眼下的一连串事件没什么关联。一部分是高官自己犯下的事情，另一部分即使遇害的人是高官，也是遇上了交通事故。更有甚者，还调出了一件在任官员在地铁上抚摩另一名男性裆部后被捕的丑闻。

“积攒了相当多的压力嘛。”

“不会同情就别瞎同情，赶紧打开下一个。”

于是这回，终于碰上了能勾起人兴致的案子。

“这个！等的就是这种东西！给我详细展开！”

七年前的一月，名叫川上纪之的《朝阳新闻》的原记者，刺杀了虽然无法称为官僚，却也是外务省职员的松井武弘。而且是在一度令被害者身负重伤后，再次潜入医院一定要取其性命的执意行凶。由此可见，凶手川上对松井的仇恨是深入骨髓的。

“嗯……着实不错，这个案子……能不能再看得详细点？和办案有关的人，能调出来吗？”

如果能听听实际参与了调查的人怎么说，说不定能找到一些当时没有看清的，与眼下这起事件之间的共性。

“嗯，这就调出来了。”

于是，列表前排出现了一个无疑是胜俣喜闻乐见的名字。

警部补，仓田修二。

一个因独生子杀了人而从警视厅辞职的“有是非”的男人。而且就在最近，胜俣刚刚在一份资料里看到过这个仓田的名字。

搞不好，这又将是自己妙手偶得的一个“物件”……

7

仓田回到了安保公司的宿舍。

“哟，仓叔，回来啦。”

室友清水正躺在床上，看电视里的新闻节目。这里是四人一间，左右各一张上下铺，只有中间一窄条供人走路的地方能看见地板。电视被安置在了房间最里面，窗边的悬空支架上。

三位室友都比仓田岁数小。不过其他房间里五六十岁的人并不少见。可以说，在这里能看到另一种社会的缩影。只不过，拥有一份能解决住宿问题的工作，这已经算不上惨了。

放眼世间，大学毕业的多半不能找到称心的工作，靠外派劳务过活、吃了这顿还要替下顿找辙的人相继丢了饭碗，上了年纪却由于种种原因无法工作到法定退休年龄的人纷纷流落街头。在这样的大环境下，还要整天听人念叨什么天人下凡、天人移籍、几千万退休金之类的东西，若是有人因此轻薄了自己而对那些人起了杀心，想来也没什么好奇怪的。

“汇款欺诈的问题，真是层出不穷啊！请大家一定要小心再小心！那么接下来……有一条刚刚递上来的消息。本月四号，在东京都世田谷区三轩茶物门前的道路上，曾发生过一起公司职员，长塚利一先生的遇害事件。就在刚刚，被认为是该案嫌疑人的一名男子，到警视厅世田谷警察署投案自首了。”

听到这里，仓田连忙制止了举起遥控器准备换台的清水。

画面中，一个穿衬衫的男人出现在夜晚的警察署前。

“请问大森先生，前来自首的嫌疑人，是位怎样的人物呢？”

“……好的。目前，嫌疑人应该是正在世田谷警察署内接受审讯。现阶段，警方还没有发表任何诸如姓名之类的，嫌疑人的个人信息。”

“但如果此人就是真凶的话，那么果然，三轩茶屋的事件同另外两起，松之木和柿木坂的事件，就是由不同凶手所为的吧？”

“的确，由于嫌疑人加纳，目前正被扣留在警视厅的杉并警察署里，那么来世田谷署投案的这个人，就只可能是另有其人了。”

“好的。如果有了新的消息，请您及时与我们取得联系。”

原来如此。世田谷那档子事，是另一个人干的。

第二天，仓田利用出勤前和午休的时间观看新闻，但就是不见世田谷事件的后续报道。不过晚上回到宿舍和清水一起看的时候，还是昨天那档节目，播出不到五分钟就把这件事提了起来。

“关于昨天到世田谷警察署自首的，三轩茶屋公司职员杀人事件的嫌疑人，通过对警方的采访，目前我们已经得知了该名嫌疑人的姓名。”

以演播室为背景，画面中给出了男人的面部特写、姓名及年龄。

“嫌疑人志田昌之，公司职员，五十一岁。”

照片中的男人长了一张圆脸，顶部毛发稀疏，下巴胡茬儿丛生。

“嫌疑人志田，已经承认了杀害长塚利一的事实。下面有请大森先生，在警察署前为我们带来详细报道。大森先生？”

“好的。这里是大森，在世田谷署门前为您报道。”

还是昨天那名记者。

“除了对杀害长塚先生的事供认不讳，嫌疑人志田还透露了其他情况吗？”

“是。志田目前仍在接受审讯，不过根据已经交代的内容，作案动机应该是二十一年前，被注射了非加热制剂的志田的妻子，因此遭到病毒感染，于六年前因肝硬化去世了。志田因此对旧厚生省，以及当时的药事局长长塚氏怀恨在心。此外，至于为何选在作案后整整过去两周的现在投案自首，志田的说法是，不忍看到在松之木和柿木坂事件中被捕的嫌疑人加纳，替自己蒙受不白之冤。”

换句话说，这又是一起仇杀。

在演播室里的主持人继续问道：

“近期以来，类似的事件频频发生，以这次的志田和刚刚提到的加纳为例，这些嫌犯之间是否存在着某种共性呢？”

“好的。警方目前正在对此进行调查，但现阶段似乎是还没有发现两名嫌犯之间的衔接点。”

“明白了，感谢大森先生的报道！”

节目的话题随后转向了游击型暴雨。

长塚一案的嫌疑人被捕后第四天的傍晚，仓田和往常一样，正在大楼一进门的地方站岗，只见一个又矮又敦实的男人通过了自动门。男人穿一身浅灰色西服，但上衣是挎在左手上的，衬衫的领口一直敞到正数第二颗扣子。

这栋楼里入驻有三家公司：一家药店在东京的总部、一家规模不大的出版社，以及一家人才派遣公司。但是这样的客人，还是非常难得一见的。即使天再热，每个人也都有注重自己的仪表。

男人进门后没有前往咨询台，而是直奔来宾登记处，看着不像是第一次来这里，总之目的性非常明确。

然而就在盯着那男人背影的过程中，仓田记忆的褶皱被扒开了。错不了，自己是认识这个男人的。恐怕是警视厅时代的旧识。那么他就是名警官了。这样一来他的举止便能说通。因为对于搞刑事调查的人来说，并非只有一身正气才叫可取。有时候为了令对方放松警惕，特意不把衣服穿得整齐也是有必要的。与之相反，也有人把自己塑造得令他人避之不及。

男人把填写完毕的访问卡拿在右手上，转身朝向这边。也不知他的目光在巡视哪里，双眼宛如朽木或是岩层上的龟裂。还有那早已风化失色的嘴唇。年龄大概在五十五到六十岁之间。

知道你是谁了。想起来了。

“……哟，仓田，好久不见啊。”

男人递给仓田的访问卡上，明明白白地写着仓田脑海中的名字。

胜俣健作，警视厅警部补。所属，搜查一课。访问公司名、部门那一栏上赫然写着“仓田修二”。

“好久不见……”

虽然从未和这个男人在同一个编制里待过，不过当初自己在任原署时，确实曾在一起奸杀案的特搜本部里同他共过事。那已经是十七八年前的事了。在那以后也常对此人的“事迹”有所耳闻。能见光的和不能见光的各占一半。

“今天，你几点钟收工？”

混浊的黑眼珠透过深邃的龟裂缝隙，散射出直勾勾的视线。

“大概六点半吧，就出大门了。”

“你陪我一下，我请你喝一杯。”

在旁人看来，这哪里是老同行之间的对话，简直就是刑满释放的前科人员和把他送进大牢的刑警之间的再会。前台里的两个姑娘正小心翼翼地向这边投来异样的眼光。

“好吧。你想要我怎么样？”

“打这张纸上的电话。我会一直在附近消磨时间。”

胜俣说完向后一转，摆了摆举过肩头的手。别看就这么一个人，有事没事还惦记着装模作样。

下班后，仓田先去管理处打招呼，离开大楼前，用公用电话拨通了胜俣的号码。

“喂……我是仓田。”

“怎么搞的，你没手机吗？”

“因为不需要。我已经完事了，正准备走人。”

“那么……你那条街的对面，有个叫‘千鸟足’的居酒屋吧？就去那儿。”

“明白了。”

仓田挂了电话，从大楼后面的职工通道离开，沿后街朝大路走去。头顶上是暮色渐浓的细长天空，街上的过往车辆已经亮起了头灯。

走上步行道后，仓田直奔右手边的过街信号灯。“千鸟足”就位于街对面那栋楼的二层。隔着马路能看到一个形似胜俣的人影就坐在窗边，但不确定那就是他本人。

头灯常明的车辆开始聚集在交叉口前，人行道的信号灯变成了青色。听着广播中的《通行歌》，仓田向“千鸟足”迈出了步子。这时他看清了，坐窗边的男人果然就是胜俣。坐在那里，俯瞰着这里的一举一动。

打开与二层楼梯衔接在一起的店门——

“欢迎光临，请问您是一位吗？”

“有人在里面等我。”

仓田径直走向了窗边的那张桌子。只见胜俣将烟按灭在烟缸里，抬起头，斜着眼往这边看。

“……不说别的，先来杯啤酒吧？”

说这话的胜俣的手边上，放着玻璃制的细口酒壶和酒盅。想必是他今天不当班吧。

仓田一面点头一面对着他坐下了。

“啊，就来啤酒吧。”

“诶，小姐——”

店里空着。除了店面的另一头坐着一对男女外，其他桌上都只有一本菜单规规矩矩地摆着。

胜俣叫了中扎的生啤和几道料理。点菜前他有问仓田想吃什么，仓田就说清汤蛋卷。

啤酒很快就端上来了。

“咱们先干一杯吧。”

“啊……好久不见了。”

仓田用啤酒杯轻轻磕了一下胜俣手里的酒盅。

然后喝上一口，吐出一口气来。说实话，这酒也说不上是有味儿还是没味儿，但是因为不清楚胜俣葫芦里卖的什么药，仓田的心里肯定不是滋味。

“你是从什么时候开始干现在这工作的？”

胜俣一边用门牙剥着毛豆皮一边问。

“干保安，六年前开始的。”

“那就是辞了警察的活儿，没多久喽？”

“啊。”

“嗯——”胜俣点头，把皮丢进了空碗里。

仓田透过窗户往街上看。一群穿衬衫，奔地铁站去的业务员格外的显眼。当中没几个系领带的，倒是扇扇子的人居多。

“干保安，一个月挣多少钱啊？”

胜俣明显是在兜圈子，但如果现在跟他起急冒火，就等于是把自己交代了。

“十二三万吧。”

“也就将将够吃饭睡觉的吧？”

“不至于，公司有宿舍，相当于白住了。”

“是吗？原来是这样。”

然而胜俣的态度并不能当真。就算他明知道自己有宿舍住，照样是可以装傻充愣的。

“不过话说回来了，有个杀人犯的儿子，樱田门肯定是待不下去了。”

仓田没言语，只管点头，于是胜俣继续说道。

“孩子如果已经成人，当爹的至少还能为自己开脱。可惜他犯事那年只有十八岁吧……这样被人说成是监护失职的话，就有口难辩了。”

“啊。让一个杀人犯的爹去调查杀人犯的话，道理上就说不通了。”

胜俣听了，提起半边脸，造作地笑了。

“倒也未必吧？”

“我不这么认为。社会能允许吗？”

“所以呀，这里头的事情你再好好想想。最了解贼的，是谁啊？还是贼吧？最懂色狼的，也不可能是其他任何人种吧？是色狼吧？杀人犯也是一样啊。杀人犯在想什么，肯定是杀人犯最清楚了。”

两个人的对话，明显像是一排系差了的扣子。但是这样一来，仓田反而搞明白了，胜俣是为何而来的。他觉得，自己终于看清楚了。

“我不太明白你的意思。”

“我只是想说，比起那些一般的爹，杀人犯的爹肯定是要更明白杀人犯的心思吧？”

“这种事，不可一概而论吧。至少我是一点都不明白自己的儿子在想什么。说来实在是惭愧。”

胜俣伸手去够放在桌边上的烟盒。

“莫非杀人犯也有百八十种，也分为能交心的和不能交心的？”

“所以你到底想说什么？”

胜俣衔起一根七星烟，点上火。白色的浓烟随之腾起，但很快就被房顶上的换气口抽走了。

“……仓田，七年前的一月，那个叫松井武弘的外务省职员被杀的时候，你应该也在场吧？”

闹了半天，正题是这事呀……

“你在说什么呢？”

“别跟我打马虎眼。七年前的一月十六号星期二，下午两点半左右，貌似凶手川上纪之的男人，曾在医院前广场的长椅上，和某个中年男人有过交流。这是在本部的调查资料里留下的证词。据说在日后成立的联合搜查本部里，这件事也曾被提起过很多次。在川上临行凶前和他交头接耳的那个男人，到底是谁。当时的联合本部里，自然有的是一课的人，听了对这个男人特征的描述，顺理成章地就说出了你的名字。然而直到最后，也没有一个人调查过你。就因为川上在看过你的照片后，明明白白地表示没见过这个人。”

胜俣又抽了口烟，然后像是在释放什么似的，用力把烟吐了出来。

“……还有一个让人琢磨不透的地方，那就是川上是怎么知道松井的病房号的。医院的监控录像里拍得很清楚，那家伙在咨询台前停都没停一下，就直奔松井的病房去了。肯定是有人把松井的病房号告诉了川上。而且一课的人大致已经料到了，那人就是你。但谁也没往下深挖。为什么？因为就算忽略了这一点，对川上杀害了松井的起诉也是毫无悬念的，而且事实是这个案子的审理工作很快就被提上了日程。因为不孝子杀了人所以辞去了警务，结果被这么个人反咬了一口，类似这种，事警视厅也是不愿对外声张的……如今川上吃了死刑判决，在牢里蹲着的。那家伙应该是打算绝口不提你的事，就这么交出自己的脑袋吧？”

清汤蛋卷端上来了。蛋卷表面仿佛经画笔涂抹过一般，呈现出均匀无瑕的黄色。

“不过话又说回来了，事到如今我也没兴趣再折腾松井的案子了。反倒是因为借此看清了你的本性，真让我感到心中一喜。”

本性？

“咱俩一起待过的，就是在十六年前的六月，那起奸杀案的特搜本部了。凶手是那个姓山边的变态吧？”

当时的情况仓田仍然清晰记得。

山边研一是强奸的惯犯，但杀人，那是头一回。然而由于其操刀手法异常残忍，曾经遭他侵犯的女性当中，甚至有人在事件过后选择了自杀。查明山边就藏匿在茨城县老家的储藏室里后，特搜本部包围了现场，并试图说服其就范，但由于山边的不予合作，最终只得以强行突破的形式将其擒获。

“那间储藏室，谁也没想到它有那么大吧？有二层还有夹层，谁知道山边会从哪儿扑过来呢，搞得我自始至终都提心吊胆的……在这种形势下，把山边从地下酒窖还是味噌窖里给揪出来的人，是你。”

不需要任何人提点，当时的光景正清晰地在仓田的大脑中回放。

“等我们赶过去的时候，你的手枪已经顶在山边的脑袋上了。而且撞针都已经被扳起来了，枪口杵在他嘴里……不客气地说，那可不是警察该干的事！你那个样子简直就是黑社会！要是稍有差池扣动了扳机，脑袋可就炸开花了，后果无可挽回啊！山边一准是要归西的。”

看来你看得还不够透彻。当时自己可是觉得，就算杀了山边也无所谓的。

“从这个角度讲，你确实是个令人印象深刻的条子……我不知道你自己还记不记得，当时你被我们按住以后，是这样说的。只要杀过一个人，原则上就该偿命，有什么不对？”

那个时候的话，这种话确实有可能从自己嘴里说出来。

“我干这行的年头也不短了。一个人杀没杀过人，看他的眼睛就能看个八九不离十。然而人外有人啊！有些人虽然杀过不止两三个，却能像狗熊掰棒子一样，照样过普通人的生活。不过这样的毕竟是例外中的例外。杀人这件事，基本上是让人丧心病狂的。觉得享受的、觉得恐怖的、因为后悔把自己搞疯了的，虽然下场不一，但肯定会形成某种变化，莫如是这才是正常，这才是人。”

胜俣边说边用玻璃酒壶给自己倒酒。倒了满满一盅，然后一口灌下去。

仓田也喝了口啤酒。酒还冰着，气也还足。

胜俣像是在咂味道一样努着嘴。

“……事情就是这么不可思议。偏偏是在警察当中，让我找到了好几个人都长着那种眼神。所以说，那可能不是杀过人的眼神，而是想要杀人和不在乎杀人的眼神。”

胜俣再次把酒盅送到了嘴边，动作和此前几乎一致。

“……姬川玲子你认识吗？她是在你辞职后不久，被调来本部的一个杀人犯班的女主任。”

若说没被吓一跳，那是假话。仓田哪里想得到胜俣会在这个时候搬出姬川的名字。但自己还不至于慌张到那个份儿上吧，应该没有写在脸上才对。

仓田扭着脖子，决定就这么含混不清地蒙混过去。

“这个女主任的眼神，就跟随时随地准备杀人似的。和从前的你一模一样。”

没别的了？只是为了说这个才提姬川名字的？

胜俣又给自己倒了一盅，刚好倒空了酒壶。但他似乎并没有再来一壶的打算。

“我说仓田……最近正在风头上的，杀官僚的事，那个，你怎么看？”

他到底想说什么呢？仓田又糊涂了。

“你是说三轩茶屋和柿木坂的事吧？”

“啊。三茶的凶手志田昌之，柿木坂的是加纳裕道。志田五十一岁，过去在公司里上班，加纳二十五岁，说白了就是个家里蹲。两个人的作案动机完全不是一码事。志田是为了给死在药害感染上的老婆报仇，加纳则是因为相信杀光了官僚才能让社会改头换面。怎么样……觉得这两个案子有联系吗？”

这种事，为什么要问自己呢……

“谁知道呢？”

“那就再把松井的案子也放进来一起考虑，能得出什么结论？凶手川上由于被松井栽赃了性侵的污名，出于这种个人原因对其怀恨在心。但是，川上这个人对整个外务省的态度，都是近似于憎恨的。这三个案子……再算上松之木的杀人未遂总共四个案子，这些事件当中遭人怨恨的，都不只是死了的那个人，而是那个人背后的某某省厅，以及整个官僚体制。那些人真正想杀的，其实是这些东西。”

能明白。或者说仓田本身也是这样想的。看电视的时候他就曾怀疑，这些事件的性质或许更接近于恐怖行动。

“你怎么看？虽然中间隔了七年时间，向官僚体制拔刀相向的这三起杀人事件和一起杀人未遂。追查下去的话，搞不好还能从过去挖出更多类似的案子。”

仓田有意识地从正面和胜俣四目相视。

“就算是这样，你想怎么样？”

等待着仓田的，是胜俣的浅笑。

“没想怎么样……只是觉得说给你听的话，应该能得到点积极的反馈吧。”

睁着眼说瞎话。但凡是和这个男人扯上关系的事，都不可能有他说得那么单纯。

8

叶山仍然专注于冈田芳已的相关人事调查。

冈田从农水省退官后，经由全日本赛马协会副会长一职，就任了财团法人全国酪农家协会会长的位子。今天便是为了就冈田近来的状况进行取证，特地来到了协会本部所在的大手町。

一课的中森一面用右手替自己遮阳，一面仰望着即将前往的这栋大楼。

“这里建得也挺气派的嘛！”

“是啊……”

浓郁的暗红色外墙似乎由大理石砌成，壁面上折射出周围楼宇的暗影，带给观者有别于一般营利企业的异样威慑感。公益法人这种组织形态，当真强大到了如此地步吗？

正门近门处设有金色的提示板，全部十七层楼里入驻的团体名称在那上面依次排开。和想象中一样，这里容纳的大多为公益财团法人与公益社团法人。在咨询台表明来意后，两人被告知需乘电梯前往七层。

按指示在七层下电梯，负责接待的女性已在门外等候，于是在其引领下两人被请进了接待室。等待约十分钟后，自称是总务经理课的增谷的男人走进来。

双方进行过形式上的名片交换，并对冈田的离世深表遗憾后，各自坐到了沙发上。

不过一看便知，增谷的脸上并无悲痛与悼念之意。

“本协会是由全国的酪农团体，以及指定的鲜奶生产者团体所构成的，以向酪农提供各种相关指导为己任的公益性团体。”

这些基本情况，两个人在事前自然是已经调查清楚了。

中森问道：

“请问冈田会长近来的状况如何呢？”

增谷的表情没有明显变化，答道：

“会长一直都是精神饱满地处理各种事务。”

“具体来说呢？都忙些什么？”

“主要是会见来自全国各地的，加盟团体的代表，以及出席各种会议。”

“天天如此吗？”

“不会每天如此的。”

“那么是怎样一个频率呢？”

“那还视月份而定，不好一概而论的。”

“比如上个月，七月份是什么情况？”

“七月份并没有什么值得一提的事务。”

“啊？”

就连叶山也不免和中森一同对此提出了质疑。

“……一整月，什么事务都没有吗？”

“是会有这样的月份，虽然非常少有。”

“遇到这种情况的话，整整一个月，什么都不做吗？”

“不，当然还是要精神饱满地处理各种事务。”

“不是说一整月都没有会见或是会议之类的事务吗？”

“话虽如此，其他琐事还是有的。”

“比如说，会有什么事务呢？”

“这个问题嘛……很难立刻给出一个具体的答复。”

在和这位增谷交流的约二十分钟时间里，对话始终是这个调调。

“冈田会长最近是否有反常的举动？是否有接到或者收到过恐吓电话、传真和邮件？像是被人跟踪之类的事，有过吗？再有就是个人信息遭窃取，遭泄露的事，有过吗？”

面对这所有的讯问，增谷的意图，似乎都只是以一句“我恐怕不知情”应付过去。越发急躁的中森逐渐提高了嗓门。

“那到底有什么是你知情的呢？！”

放出这句话后，终于换来了增谷的坦诚相见。

“其实……最近三个月，我都没有和会长见过面。”

整个谈话过程中，只有这句话是最言简意赅的。

不仅限于协会的人，冈田的相关人事调查，大多以相同的结局收场。不论是银座的会所、冈田中意的钓具专卖店，还是赛马爱好会，踏破铁鞋淘换来的，都只是“没什么不对劲的”“和往常一样吧”这种敷衍了事的答复。如此一来，叶山这一组在搜查会议上也不得不直面无功而返的窘境。

“……综上所述，在与五组关系人进行面谈后，并未获得任何有力的情报。”

中森结束发言后正准备归位，讲堂内嘘声四起。

“你这家伙，该不会是自认为抽到了下签，就整天游手好闲吧！”

中森朝声音的来处瞪过去，对方是别的杀人犯班的刑警长。

“没有就是没有，除了能确认它没有以外，你还想要我怎样？”

“就算不去确认，没有的东西照样没有吧？”

“你的意思是要我捏造出证据给你喽？别把我说得跟你一样！”

“你有种再说一遍！”

“都给我住口！”管理官握着话筒扯了一嗓子，“要吵等散会了让你们吵个够！你们打起来我都不管……会议继续进行。水内警官，交给你了。”

于是从身后传来从椅子上起立的动静。这个姓水内的警官，正是此前备受瞩目的网络犯罪对策课的调查员。此人在会议开始时并不在场，而是在会议进行大约一小时后才到场的。叶山曾瞥见了他与文职人员交换意见的一幕。

“是。就在几个小时前，对加纳个人电脑的解析工作终于完成了，我们成功破解了网页浏览器的历史记录。不好意思，刚刚交给你的资料，复印完了吗？”

“是，已经准备好了。”

担任文职的警部补开始向坐在第一排的警员们分发复印纸。

资料很快传到了叶山手上。似乎是直接把网页打印了出来。

“不管怎么说，访问记录是直到今天下午才被打开的，所以还未来得及对全部条目进行确认。不过据我们推测，加纳在筹划作案时参考的，应该就是这个网站上的内容。”

如资料所示，网页的顶端记有这样一行字，“Unmask your laughing neighbors”。不知是否是网站的标题，直译过来便是“揭下笑面邻人的面具”。

“该网站的结构，是由大家现在看到的首页，以及各省厅的分支页面构成的。通过点击首页上的总务省、法务省、外务省、财务省、文部科学省等文字，便可以跳转到各省厅的专属页面。请大家翻到下一页……下面将以农水省的页面为例进行说明。”

掀开纸张的声音开始如波纹一般在讲堂里扩散。

“基本页面布局，各省厅是一致的。历届的事务次官、局长，一直到课长级别的官员的姓名，都会被分别罗列出来。进一步点击人名，便会跳转到该名官员的个人履历页面。例如冈田芳已的情况，就可以明确地在这上面找到。然后，请大家翻回首页……可以看到，如今已经不存在的省厅，同样有被涵盖在内。如果点开这里面的旧邮政省，便会发现对中谷公平这个人，也是有详细记述的。”

不用说，社会保险厅同样榜上有名。

“网页上不但登出了出生年月日、学历、在省厅里的职位等信息，甚至还包括了此人迄今为止所有的曾住址。不过并非对每一位官员都有详尽记述，已查明和尚待查明的人物之间存有巨大差异。但是关于近期一连串事件中的遇害者，所有人的现住址都是已被曝光的，而且还附有清晰的面部照片。”

从第三张纸开始，便是与上述报告相对应的内容。

冈田芳已、中谷公平、长塚利一——原来如此，三个人的现住址早就被写在明处了，而且还为每人准备了好几张面部特写。

“该网站似乎是通过一些设置，回避了被搜索引擎检出的风险……然后，关于其他内容。网站本身并没有实际怂恿访问者抨击官僚体制，或是教唆访问者谋害官僚。但另一方面，网站又确实、详细地记载了某某人在某一职位上曾在位何年，具体从事过怎样的工作，以及就结果而言，其行为对社会造成了怎样的影响。”

此时已有部分调查员掏出手机，迫不及待地访问了目标网站。

“能够代表网站运营倾向的，就只有标题中的那一行……揭下笑面邻人的面具。这句话，可以被认为是该网站意图向访问者传达的，唯一的，也是最核心的信息。”

讲堂里处处可见举起一半的手，不过都被水内以“请容我再说几句”制止了。

“至于该网站的管理员是通过何种途径，将在位的，以及退官后的官员的个人信息搞到手的……请大家留意网站首页的最下方。”

在场的所有人再次将资料翻回了第一页。

“不知各位是否看明白了。‘请愿及提供信息请点这里’，以及这个邮筒的图标。只要点击该图标，就会自动跳转到邮箱系统，提示操作者向该网站的管理员发送邮件。由此推测，在该网站上公开的信息，并非来源于管理员私下调查的结果，而是为数众多的用户，主动把官员的个人信息提供给了管理员。”

管理官把话筒举到了嘴边。

“你的意思是说，是看了这个网站的人，擅自告诉他的？”

“我个人推测是这样。”

“出于什么目的？”

“大概……大多数人只是出于好奇吧。”

低语声如寒潮过境一般掠过讲堂。

水内继续说道：

“虽然与该网站没有直接关系，一位被认为是网站用户的人物，在自己的部落格里这样写道。撕破脸（Unmask）……这似乎是用户们对该网站的简化称呼。撕破脸的征集列表里时常存在着数名被定性为‘重点情报征集对象’的官员姓名。据说一旦被升级为重点对象，不出几日便会有情报纷纷进来，该人物的个人信息也会随之被公开在网上。不但有现住址和电话号码，视情节而定还会涉及家庭结构。而这个‘重点对象’的头衔，恐怕是由网站用户的请愿数量决定的……以上内容引自原文。”

管理官再次问道：

“换句话说，如果有很多人向管理员请愿，希望得知冈田芳已的住址，管理员在受理后便会将其升级为重点对象，之后，予以响应的某人会把冈田芳已的个人信息发送给管理员，而这条信息最终会被即时更新到网上。就是这样一种流程吧？”

“就像您说的。”

岂有此理，居然就这么明目张胆地！

“此外，”水内继续说道，“刚刚提到的部落格里还有这样一段话：‘迄今为止，纵使官僚们作恶多端，其相貌与个人信息也不会被公之于众。即使爆出了与省厅密切相关的丑闻事件，成为众矢之的也永远是政客，然而就算换一个人来当大臣，相同的丑事还是会不断重演。但是，时代已经不同了。一如选举制度，每位国民都有责任监督行政机关的一举一动。官僚也罢，政客也罢，既然是站在同一片国土上，走在同样的马路上，居住在隔街相望的社区里，想要隐藏起生活的蛛丝马迹便是绝对不可能的。总会有人在某个地方把你看在眼里。应该说整座城市的人都在监视着你。于是，撕下这帮家伙面具的机会便是必然存在的，存在于我们每一个人身上。把撕破脸名单上的那些面孔铭记在心吧。若能不期而遇，定要广而告之。那上面的每张面孔，都是一张通缉令。他们中的每一个人，都应该受到应有的判决。'以上内容同样引自原文。"

"就不能以危言耸听及妨碍公务罪为由，把这个人拖回来审吗？"一课里的某人说道。

但想必是不可能吧。管理员只是把住址等信息登在了网上，其影响力并不足以对各省厅的正常运行造成妨碍。何况目前遇害的，都是已经离职的人。

"那么，该网站管理员的身份呢？"管理官问道。

"还没来得及打探，毕竟浏览记录是今天下午才被破解出来的。不过，咱们这边是可以仰仗个人信息保护法的，只要带着令状去找网站服务器的供应商，让他们交人应该费不了多大工夫。"

"你说的那个什么……供应商，已经查出来了吗？"

"是网站服务器的供应商。是，已经查清楚了，没问题。"

水内表示报告完毕，坐回了原位。

问题是——

这个意图令官员以命抵罪的网站管理员，究竟是何许人物呢？

翌日，特别命令班走访了位于品川区的供应商的总公司，按预定计划顺利取得了该网站管理员的个人资料。

调查结果由管理官进行了通告。

“辻内真人，四十一岁，家住文京区本驹込六丁目，Angel Heights千石五〇三号房，独身。与前述的网站服务器供应商签署合约已有十七个年头。据说是从微机通信时代的伊始之初就开始了合作。职业是‘公司职员’，但详情不明。”

事已至此，叶山本以为下一步便是要求此人自愿协助调查了，然而特搜本部的干部们却采取了慎重的姿态。

“首先，对其进行二十四小时严密监视，探查此人有无特殊政治背景。同时，暗中打探其周围人物，鉴定是否有人持有特殊思想。”

确实。这若是由特定政党在幕后操纵的，以击溃他党官员为目的的新型游击战法，贸然行事是使不得的。那么就有必要与搜查二课展开协同调查，而且免不了要让警察厅横插一杠。但问题在于，盲目地集结同盟势力，反而可能令调查陷入困境。要么失去发言权，要么被人施压，或者干脆遭人“第三者插足”。

“下面宣布分班结果……行确班（行迹确认），佐藤、奥居、中森。之前被分配到特命班（特别命令）的西岛、竹内、武田几组，继续对辻内的周遭人物进行暗中调查。”

换句话说，如今的行确班，便是之前人事调查班的原班人马了。

叶山等六人来到本驹込的公寓前集合，是在下午两点过几分的时候。Angel Heights千石，虽然看上去不像是一栋新楼，红砖风格的外观却给人以沉静的舒适感。

过内的房间位于五层。楼里所有住户的玄关，均面向楼背后的室外走廊，因此，但凡有人从楼里出入，应该都不会看漏。与这栋楼隔一所停车场，还有一栋规模相近的公寓。经征求那里的管理人同意后，行确班取得了使用消防楼梯的许可。于是留下一组两人在这里盯梢，而最先担此重任的便是叶山与中森这组。

第二组被安排在了十七号国道的另一侧，在一栋商住两用楼里，从正面监视公寓的大门。这边也是取得了业主的许可，由此借到了一间空屋。

最后一组是窝在从杉并署开出来的搜查用PC（蒙面巡逻车）里，在公寓隔壁的停车场里随时待命。不过眼下这个季节，在车里是待不久的，所以就需要不时地转战到附近凉快的地方。顺带一提，叶山和中森是坐轻轨到的这里。

最初的几个小时没有一点风吹草动。即使是在各组交替岗位一轮，再次轮到叶山两人把守消防楼梯以后，也不见有人出入过内的房间。甚至不清楚他是不是真的在家。若是能像往常那样，直接去和管理人打听就方便多了，但既然特搜的方针是“暗中调查”，便是连这种最起码的手段也用不上了。诸如乔装成报纸推销员或是快递员这样的手法，暂时也只能成预备计划。

动向有变，是在接近午夜零点的时候。一通电话打到了中森的手机上。

“喂……衬衫、灰色长裤……公文包，明白了。”

仅此一句便挂断了电话。想必是来自在混居楼里监视正门的奥居组的报告。

“有个男的刚刚走进了玄关。”

“嗯。”

叶山这边也架好了双筒望远镜，注视着对面五楼的状况。

大约一分钟后，位于走廊左端的电梯门开了。此前每当那道门敞开，叶山都满怀期待，但又以扫兴告终。这次会是怎样呢？

男人径直沿走廊前进，从五〇九、五〇八门前经过。参照房门高度，男人的身高大致在一百八十厘米左右，身材挺拔，体型匀称。面部在这个距离无法看清。下半身被墙壁挡住亦无法确认。

男人继续走过五〇四，却在五〇三门前站定了。

“看来可以确定了。”

“是啊。”

似乎是钥匙已被握在了手里，男人娴熟地将其插入门锁。敞开的门缝里露出了黑暗，由此判断他应该是一个人生活。当然了，面向国道一侧的窗户也是黑着的，这件事之前已经反复确认过多次了。

于是这次，叶山和中森分别同奥居和佐藤取得了联络。

“刚才那人就是辻内，身高约一米八，似乎是独居。”

之后三组人马又轮番监视了几轮，但是直到翌日早晨辻内都没有离开过房间。

随后的一次行动发生在早八点前，叶山两人正在摊前吃早餐，中森的手机震起来。

“喂……淡蓝色衬衫和茶色的领带，下半身颜色不明。了解了。”

合上手机后中森把目光投向店外。

“说是开始向车站方向移动了。”

即是说只要守在这里，目标必然会从眼前经过。

不出所料，两人正收拾着托盘和垃圾，一个穿着与描述相符的男人从窗前走了过去。叶山第一次从近距离看到了辻内的相貌，然而这个第一印象却并不算坏。辻内是个面相相当稳重的人。下面的长裤是深蓝色的。

两人走出店门，保持一定距离开始跟踪。假使对方回过头来，甚至站住不动，这边也无须慌张，只要保持原有步伐，继续前进就可以了。即使超过了目标也不要紧。只要严守计划，从后面赶上来的佐藤组应该会接替叶山两人，继续进行跟踪。

在这个不过八点便已是烈日当空的早晨，辻内正快步从国道沿线的步行道上扬长而去。因为长了一双长腿，仅仅是正常行走也很快。叶山倒不要紧，身高不足一米七的中森，脚下就要忙活多了。从额头渗出的汗滴挂在他眉上，看着随时有可能流进眼睛里。

巢鸭站已从正前方进入了视野。不知辻内即将乘坐的，是 JR 山手线，还是地铁的三田线。

不对，辻内没有走进车站，而是沿站前环岛向右拐去。是打算坐巴士？还是要叫出租车？不对，都不是。辻内走向的，是环岛尽头仅有一条车道宽的窄路。路两侧是餐饮店、超市和柏青哥。然而辻内走进的，却并非以上的任何一处，而是一栋挂着绿色招牌的，外观雅致的建筑。

“……日英 Seminar？”

莫非辻内真人在补习班里工作？

9

加纳裕道与志田昌之两人被捕以后，网站收到了各种各样的邮件，讨论区里的留言也多了起来。

其中有很多赞扬的声音。

【如果那两个人是“撕破脸”的用户，那就没有比这更激动人心的了！我们的活动终于取得了名副其实的成果！】

【厚劳省、农水省、旧邮政省，非常均衡的搭配方式！下一步就该轮到国交省和财务省了吧！】

也收到了一些虽然不足以惊动媒体，却是小有成效的成果报告。

【我家附近有个老头儿是原厚生省的高官。之前对这个人不很了解，但总之是个喜欢作威作福的臭老头儿。我不过是和哥们儿在路边聊几句，老头儿就从家里出来嚷嚷，骂什么你们这样下去长不成什么好东西。管他屁事，还嫌我们吵！我们就让那老家伙“去死”！结果倒好，他居然跟在我们后头，找到家里来了。但是自打电视里开始播养老金问题，那老头儿突然就消停了，在家附近遇上了也不敢拿正眼瞧我。特别是出了这次的事以后，街坊四邻都议论纷纷，说下一个被杀的就是那老头儿吧。就在昨天，他家临街的窗户被人砍了生鸡蛋，真是活该！不用说，此人正是上了“撕破脸”名单的大名人。但我其实谁都没告诉（笑）。他要是死了，我可不想头一个被怀疑的是自己。】

当然了，唱反调的人也是有的。

【把别人的个人信息就这样挂在明处，没问题吗？别的不说，这

名单上的人已经有三个死于非命了。你们是怎么想的，要怎么负责呢？！】

然而让不计其数的别人死于非命的，不正是这帮人嘛。不过反驳什么的还是算了吧，所谓观点，是要用行动来证明的。

【疯了！都已经死了好几个人了，居然还管这叫成果！还嫌不够！简直是疯了！】

没有人认为这是正当的行为。但是，正因为正当的手段无论如何都无力抵抗，因为被逼到了不惜扭曲自己的价值观也要付诸行动的地步，所以才迫不得已干出了那种事。我倒想反问一句，将这些人逼疯的又是谁呢？莫如说这才是值得我们反思的，不是吗？

长塚利一死后二十五天，加纳裕道被捕后两周零三天，志田昌之自首后一周零四天，报纸和电视对一系列事件的报道已趋近沉静。尤其是今昨两天，哪个电台都没有播出正经的后续报道。这样看来，那两个人怕是还在拘留所里。

然而自己竟安然无恙，简直不可思议。

生活还和往常一样，只有周三得休，周六日则天天出去工作。编考卷、写讲义、回答疑问、统计分数，再加上出席定期会议，然后每月二十五号领到工资。偶尔会和同事一起喝酒，但大多数时候是自己一个人。倘若居酒屋和拉面店没有一家开张，去家庭餐厅也是一样。只要有啤酒，再少来一点口味重的料理就足够了。唯一不好解决的是电视问题。家庭餐厅里没有电视。这种时候便会觉得，有一部能收看电视的手机也不错。也许应该认真考虑一下换手机的事了。

于是，只能一边看从车站买来的晚报，一边喝先端上桌的啤酒。像这种，不管在哪家店里喝都差别不大的饮料，是最合心意的。虽然这世上也有一类求道者，只为做出别具一格的美味生啤而倾注全力，但不巧自己对那种东西并不奢求。相比之下，能令胃袋缩成一团的冰镇啤酒才是求之不得。

不一会儿，沙拉和汉堡牛排也端上了桌。

“铁板是加热过的，享用时请小心。”

黑色的铁板上不断涌现出黑色的泡沫。多明格拉斯酱的主要原料是牛肉和牛骨。由此可见，那颜色便是被熬干后的血肉的黑色了。

不光是色泽，闻起来也是一股不可一世的味道。将搜罗起来的生命浓缩，再浓缩，然后满怀欣喜地大快朵颐。罪孽之深重，以至无法意识到无数个体的牺牲。若偏要这样去想，那些根本不是能够下咽的东西。

然而要吃要咽。要吞下邪恶，与之同化。然后以眼还眼，以牙还牙。

思想上的准备已经万全。既然甘愿坠入的地狱，那落脚点也应由自己来准备周到。

结过账，出了店门，走下楼梯便是巢鸭站前环岛。由于末班车尚未驶过，仍有成批的出租车在路旁候客。

看样子，今晚也是热带夜了。不等汗流，浓密的湿气已经不由分说地坠在了衬衫上。

一如那些长久以来束缚着自己的东西。愤怒、憎恶、绝望、悔恨、恐惧、虚无。

一如夜气缠身。

由此紧锁中脱身的方法有二。待湿气退去，将其剥落。或彻底浸透，使其与肌肤融为一身。换句话说，要么抛诸脑后，要么身体力行，一雪前耻。二者必选其一。

人生在世，有时不免强求苦痛。忘记了，便是新的一天。回不来的，便是怎样才回不来了。那么再去苦想，便毫无意义。看淡、抹净才是正途。然而懂得，却依然无法舍得。于是拘泥于此，身陷憎恨泥沼，眼见已没唇缘。熬干的血气萦绕脑髓，在此之上，潜入其下。让黑暗浸没头颅，伸五指触碰深渊，屏息、求索。不为安度长夜，只想在快乐中与憎恶一同灭亡——

“迁内先生……”

一个声音忽然传来。于是迁内不由得站定在原地。

视野前方，声音可及之处并无人影。由正面驶来的自行车、与自己相似的衬衫背影、随风摇曳的连衣裙边，不论哪个都太遥远了。

于是迁内缓缓转向身后，只见一个男人站在不远处。敦实的体型，套着一身显黑又显旧的西服，没系领带。

“你就是辻内真人吧？”

什么人……

10

通常来说，胜俣从不在搜查会议上多说一个字。周围的调查员个个都是想从自己手里抢功的贼。还有不听话的部下，连贼都不如。以及明目张胆冲自己呲牙咧嘴的蠢货，根本不配当人，是疯狗。自己就是吃饱了撑的，也不会把汗流浃背换来的情报拱手让给这帮东西。

至于那些屁都不懂，只知道拖部下后腿的无能上司——

活着就是罪该万死了。

“……说了半天，你们打算偷窥辻内到什么时候？”

等别的调查员报告得差不多了，胜俣开口说道。

管理官把话筒举到面前。

“辻内的背后是谁，还没查清楚，现在接触为时尚早。”

胜俣的本职工作是调查加纳裕道，但这件事，基本上已经落听了。对行凶现场和潜伏地点的验证调查工作已经收尾，加纳的犯罪行为已经可以被说清道明了。加之报告书的完成度让责任检察官无可挑剔，以物证为主的调查资料也已搜罗完毕。

今天是延长拘留的第四天。那么剩下的六天时间，就应该用来把加纳彻底榨干，想必一定会有人持这种观点。但是加纳这个人，属于那种唯恐别人不知道自己为什么杀人的嫌犯。继续榨下去，榨出来的恐怕还是那些无聊的陈年破事。

那些东西胜俣已经听烦了。

小升初、中考、高考，没有哪次是他没考砸的。好不容易进了所电脑专科学校，不到半年就待不下去了，之后一直宅在家里。“我这辈子，算是毁在我妈手里了，只怪她对我期望太高。”哭鼻子是没问题，所以就有理由杀官员泄愤吗？肯定不是。

所以，对加纳就到此为止吧。手上的牌已经足够送他上法庭了。动机什么的，合不合理都无所谓。眼下最要紧的反而是过内。尽早把人拿下，把网站查封，给这种宣扬杀人的风气画上休止符，这才是当务之急。

胜俣把身子向后一仰，把脚抵在桌边上。

“什么为时尚早！”

由于坐在第一排——

“诶！你要干什么！”

只要用力一蹬，桌子自然是朝有管理官和杉并署署长坐镇的主席台飞过去了。

“危险！”

让鼓膜为之一紧的撞击声、桌面裂成两半的声音、金属桌腿叉在一起摔在地上的声音，等这些都平息了，讲堂里安静得能听到大脑里血液的流动。鸦雀无声。胜俣背后的几十名调查员，无一不是坚守着凝重的沉默。

比谁都躲得更快的署长、跟椅子一起跌下来的刑组组长。

还有站也不是坐也不是的管理官，正把手里的话筒砍向胜俣。

“胜俣！浑蛋！”

“叫什么叫，淋病。”

管理官去年在风俗街染上淋病，一连往性病科跑了两个礼拜的事，不巧落在了胜俣手里。那是一个五十多岁的单身男人，见不得人的悲哀。

“衣原体感染的那个，你听好。万一世田谷的凶手也交代说，杀人之前参考了撕破脸上的情报，到时候为了抢功，两边不打起来才怪。难听的我就不说了，在对面有所行动之前，赶紧把辻内拿下。”

管理官一边用手搓着大腿根儿附近一边瞪着胜俣。

“你不要不懂装懂……大前提是一样的，世田谷那边也不例外。不准碰辻内，这是刑事部长的命令。在搞清他的背景之前，对面一样不敢轻举妄动。”

你这才叫自以为是。

“一个在补习班教书的，有个屁背景！”

胜俣也想抄起什么丢过去，无奈一桌子东西都被他踹飞了。

“政治家就算是乌合之众，也不会为了扳倒几个官员，就煽动民众搞恐怖袭击，还没猖獗到那个份儿上！都搞出人命了，这要是被查出来，全国人民可不会因为他出庭受审就消停下来。所以你就把心放肚子里吧，据我所知，辻内就是个光杆司令。”

说是知道，但其实详细情况一概不知。只是感觉如此。

“不过是盘问几句，不会惊动任何人的！”

“可是……”管理官没松口，“再等等吧，胜俣。”

还有什么好等的！

“我说你这人，前前后后一个星期了！盯了他七天，就为了查他背景，到头来查出什么了？至今连他哪个大学毕业的都不知道吧？

干什么吃的！就知道站在高处干瞪眼，鸽子和乌鸦都比你行！”

禁止盘问目标周围的人，然而辻内的情况是，并没有在现住址进行居民登记。别说念的是哪所大学了，就连户口在哪儿都是个未知数。

“再磨蹭下去一准儿被世田谷甩在后头！他们可有姬川！那可是明知道一课长会被拉下马，仍然义无反顾，恩将仇报的危险分子！那种女人可不会因为一个不确定的利害关系，就老老实实在安全线后面原地踏步！”

胜俣说完，起身就走，管理官却说不出半句话来。还有之前坐在管理官旁边的水岛，依然不能拿正脸瞅胜俣。

随他们的便吧。

但往后就是本人看着办了。

胜俣到达巢鸭站是在刚过零点的时候。

时间上比较微妙。最近一周，辻内有时候傍晚回家，有时候过了零点还没从补习班里出来。今天周四，会是什么情况完全无法预测。

打个电话好了。

“喂，您好……”

“哦，是我，胜俣。”

“您辛苦了。”

电话被打到了北泽署的叶山的手机上。这小子一直在盯梢，刚才会议上的唇枪舌剑他并不知情。

“辻内现在是什么状况？”

“一个人在车站附近的家庭餐厅里吃饭。”

“附近是哪里，线路北边还是南边？”

“北侧环岛的 Royal Diner。”

“是吗……知道了。”

胜俣合上手机，朝那地方走去。在门外等了五分钟，正当胜俣琢磨着他再不出来自己就进去的时候，辻内走出来了。

走下台阶后，辻内继续沿环岛前进。身高一米八左右，相应的，步子迈得很大。如不刻意加快脚步，以胜俣的速度怕是要被落下了。

他不光是走得快，腰背还挺得笔管条直。据行确班报告，辻内时常是一个人在外面吃晚饭。点一两道料理拿来下酒，这仿佛是他每天的例行公事。换句话说，今晚他也已经喝过了，然而走起路来英姿飒爽，丝毫没有喝酒的痕迹。

搞不好是那种容不得自己出半点岔子的性格，这便是胜俣对此人的第一印象。

随着远离车站，路两旁的商店开始越来越少。让他走得太远，怕是会把他放回公寓，得在那之前把他叫住——就在这当口上，一通电话打了进来。手机虽然静音了，但就算只有震动，动静也是不小的。

从兜里掏出来一看，小窗口上显示“叶山”。

胜俣把手机抵在右耳朵上，掩着嘴。

“怎么了？”

“我是叶山。胜俣主任，你在干什么？”

“有什么看不懂的吗？会一会你们的目标，这就要进行接触了。”

“这是上头的命令吗？”

“你以为我在乎上头的命令吗？”

电话那头暂时没了动静。

“……没事我挂了。”

“等等。”

“到底什么事？”

“我也去。”

呵……有点意思。但眼下时机不好，没空等那小子了。

“不好意思，下次吧。”

收起手机，胜俣小跑着往前追，距离公寓只剩十来米的时候，终于追上了。

“过内先生……”

此话一出，过内在两步之内停了下来，然后不紧不慢地回过头。不知该说他气度不凡还是头脑迟钝。不对，就算只看走路时的魄力，此人也不可能是愚笨之人。那么就是慎重，或者紧张，二选其一了。

“你就是过内真人吧？”

胜俣再次问道，于是过内用诧异的眼光打量着胜俣。

“不好意思……你是哪位？”

“我是警视厅的胜俣。”

胜俣一面出示警察手帐里的身份证明，一面缩短与过内的距离。料想他也不会真看。

“想问你两三个问题，不碍事吧？”

不等辻内回应，胜俣已经走了起来，但不是朝公寓正门，而是眼前一条昏暗的死胡同。公寓楼背后应该是一家投币停车场。

辻内确实跟在了胜俣身后，想必是已经做好了一定的心理准备吧。

差不多走过了半个停车场，胜俣停下脚步。

辻内也站住了，与胜俣相隔约两米。

路灯下浮现出辻内匀称的五官，只是眼神略显困倦，不知是这个钟点的缘故，还是另有其他原因。

“为了什么事呢？”

声音沉着、冷静，没有嘶哑，没有颤抖。

“从哪儿问起好呢……”

胜俣从兜里掏出烟，有意制造出间隔。但直到胜俣衔起一根，点上火，辻内的身体也没有挪动一分一毫。与故作淡定，勉强装出的面无表情不同，应该说，那是对胜俣刻意而为之的漠不关心。

吐出一口烟，胜俣正式开口道：

“首先，有件事想要跟你确认一下……‘Unmask your laughing neighbors’，目前在运营这个网站的人，就是辻内先生你了，没错吧？”

“啊……”

声音短促，只由唇尖发出。

这夜无风，胜俣吐出的烟气没有飘向辻内，而是纠缠着湿气，缓缓升向混浊的夜空。

“创建那种网站，你的意图是什么？”

胜俣预想中的答案有三种。一是为了正义。主张纠正官员的傲慢作风，与加纳属同类。二是为了自我满足。赐予需求者所需求的情报，换句话说，享受在一定程度上控制供需的快感，也就是所谓在网络上“成神”。最后一种是为了实验。揭露罪行，曝光个人情报，观察其所带来的结果，一种充满恶意的社会实验。

然而从辻内口中吐露出的，却与以上三种皆不相同。

“没什么能称得上意图的意图。非要说的话……就是我乐意吧，没别的意思。”

乐意，这又是哪个意思呢？

“可是网站的标题没那么单纯吧？剥下笑面邻人的面具，不免让人浮想联翩啊。”

“会吗？照你这么说，《人行世间，妖魔遍地》[①]，岂不是更让人心生暗鬼了？”

胜俣听了，越发觉得不妙。这家伙也许压根儿没把警察放在眼里。

“那是编出来的电视剧，但你干的，是未经许可把真实人物的个人信息挂到网上。对当事人来说，可没有比这糟心的恶作剧了。”

“各路官员一直以来做的是什么工作，又对社会造成了怎样的影响……把这些整理出来给大家一个交代，却被你说成是糟心事，这我就不太懂了。我反而想劝劝他们，何不借此扬眉吐气呢？毕竟成就了一番丰功伟业。”

---

① 日本电视剧，原名是《渡る世間は鬼ばかり》，另译《冷暖人间》。

原来如此，是这么个姿态。

“就算像你说的那样，没必要连地址也挂出来吧？”

“演艺公司总要给粉丝们留个寄信的地方吧？我也一样，您这么理解就可以了。”

“要寄也是寄到办公大楼吧？”

“嗯……说的也有道理。”

到此为止，过内别说是表情了，连姿势都没怎么变过。似乎也没有想要去掩饰这些不自然的地方。

“你知不知道由你提供的这些信息，已经被人拿去犯罪了？”

“你知道有‘模仿犯罪’一说吗？”

不但以质问回答质问，还打算就犯罪学对一名现役警官教诲一番。

“突然说什么前言不搭后语的。”

“你们警察在媒体上公开犯罪的内容，介绍被害者与加害者的关系，让大众通过电视和报纸对这些东西耳熟能详，但即使有人以此为模板犯下同种罪行，你们也肯定不负责吧？”

论点清晰明确。

“是啊，因为不足以构成唆使犯罪。”

“那么‘追随自杀’现象又如何呢，有听说过吗？”

胜俣觉得这问答形式简直愚蠢，但还是姑且点了头。

“那是二十多年前的事。某个偶像歌手跳楼自杀了，结果追随者们紧随其后，也纷纷以同样的形式结束了自己的生命。对偶像自杀的报道，特别是在青少年中造成了广泛的影响，致使自杀者层出不穷……人们借用歌德的著作《少年维特的烦恼》，将这一现象命名为‘维特效应’（自杀模仿）。然而在那之后媒体收敛过吗？不光是自杀，还有报道艺人滥用药物的时候，他们对年轻人争相效仿的现象有过哪怕一丁点顾虑吗？”

胜俣本想说我又不是媒体，强忍住了。

“那么你在公开官僚个人信息的时候，考虑过由此会生出什么事端吗？”

“考虑过了。正因为考虑了，才公开的。因为我断定不管生出什么事端，我个人都是免责的。”

看来这种程度的问话，全在想定范围内了。

胜俣继续说道：

“被认为一手造成了药害感染的长塚利一、利用出租车票挪用公款的松井武弘、沉浸于掌控水坝建设中冈田芳已，以及在全国各地不断修建不必要的休闲设施的中谷公平。这些人，除去中谷，全部是遇刺身亡。此外还殃及了冈田的儿媳妇。即便如此，你也丝毫感觉不到这当中的责任重大吗？”

“应该感觉到的不是责任，而是良心的苛责吧？毫无疑问，在一定程度上我当然是受到良心苛责的。但是不会认为责任重大，至少不该由我来负责。”

就没有什么办法，能剥下这张气定神闲的戏精脸吗？

“你这家伙，该不会是没爹没妈吧……”

若是不识人情的人，这种时候恐怕就一笑了之了，但是辻内没有。

“有啊。就算是我，也不是从木头缝里蹦出来的。不在一起生活罢了。”

“他们现在在哪儿？”

“没办法告诉你，个人隐私嘛。”

“兄弟姐妹呢？对象呢？”

“都是隐私吧，一样的。对象反正是没有……也就这个能告诉你。”

然后工作是跟小学生打交道的补习班讲师，兴趣是在网上曝光官员们的个人信息。

“你的目的是什么……为什么要运营那种网站？”

“不是说过了嘛，我乐意。我喜欢把日本官员的杰出事迹介绍给广大群众。”

“所以说，这件事搞出人命了！”

“但人并不是我杀的呀。就算要追究我的责任，也不会是在刑事法庭上吧？撑死了是民事……如果那些已故大人物的遗族打算控告‘撕破脸’的管理人，悉听尊便吧。我不会躲也不会藏，如果法院要求撤销网站，照办就是。如果损害赔偿的审理通过了，同样照办。一切裁决都要在法庭上进行，公正、公开……这不正是法治国家应有的形态吗？”

原本，对于称之为“恶”的东西，胜俣所秉持的态度并非不分青红皂白，一棒子打死。在他看来日本的现行法律并不完善，日本人的伦理观也并非成熟。

社会层面的恶，不见得就是彻头彻尾的恶。于是胜俣有时会对犯了事的人睁一只眼闭一只眼，或者把他们圈养起来。

而社会层面的善，也不一定是真正意义上的善。逢此状况，胜俣会毫不犹豫地动用非法性极高的调查手段。嘴上说的再好听，不能实际止损便毫无意义。

从这层意义上讲，胜俣心里是有那么一点期待的，对这个叫辻内真人的男人。

在政治家的庇护下贪食国民血税的官僚，想要让他们尝尝正义铁锤的滋味。这种诉求本身，在胜俣看来无可厚非。平心而论，甚至有为他拍手喝彩，起哄助威的念头。

但是有什么地方不对劲。

当胜俣预感到此类事件将层出不穷时所体会到的“恐惧”，其实与“期待”异形同义互为表里，甚至内藏着可以被称为“兴奋”的什么。

然而从辻内身上，他感觉不到任何。

为什么……

是自己看走眼了吗，还是说——

“辻内……”

胜俣将烟头塞进便携烟缸，揣进兜里。

“可别太让我失望啊！”

然后擦身而过时把手拍在了辻内肩上。

虽然谈不上魁梧，从衣料下方感觉到的，是结实的肌肉。

以及微弱的震颤。

11

那天胜俣来找仓田，果然不是毫无企图的。

搬出近来官僚遇害的话题，显然是为了观察仓田的反应。之后，胜俣不慌不忙地切入了正题。

“其实……姬川把什么都告诉我了。”

仓田已经习惯了为最糟的状况做好准备。眼下的这一幕，早在胜俣找上门来的时候就有所预见了。

“吾妻照夫和大场武志……这两个人，当真是你干的？”

被胜俣抓住了把柄，这件事本身并不令仓田感到意外。反倒是姬川走漏了风声，让他颇感惊讶。虽说是个只见过两次的女刑警，而且第一次时被她指出了两桩命案，第二次时被她怀疑亲手杀死了儿子。仓田自己也说不清楚，为何就相信了这样一个女人不会出卖自己。但是，能够跨越立案、起诉、公审这些表层的条条框框，在人为何会杀人这个问题上真挚交换见解的，仓田曾认为她是唯一的那个。

所以才备感惊讶。想不到自己身上还残留着可以因背叛而受伤的部分。

心中姬川的面孔骤然褪去了颜色。

“……这两个人有什么问题吗？”

“少跟我装糊涂，我可听说他们两个是被你干掉的。”

“我不懂你的意思。”

胜俣用脸上的脂肪叠出几重皱褶，堆起一副笑模样。

“杀一个人是死刑，那么杀两个人呢？事后就是尘归山林，尘归原野了……你儿子上吊又是怎么回事？那个，你又是怎么做到的？”

【拜托你千万不要急着给自己一个痛快啊——】

留下这句话后便消失在了自己眼前的姬川的背影，在记忆中也渐行渐远了。

“我儿子是自杀。”

“是呀，身手了得啊，不服不行哦！”

“你指什么？”

事后回想起来，当时的心态果然还是失衡了。虽然想到了胜俣会搬出这件事，却没有进一步去设想他此举背后的用意。

“既然已经染指到了这个份儿上……就不想为了这世间的正义，尽一份微薄之力吗？”

没错，就跟传言中的一样。这个叫胜俣健作的男人，原本就是这种刑警。

“我是不会叫你白干的，出场费一个子儿也不会少你的。”

仓田那晚并没有给胜俣一个答复。

而胜俣自己也并不急着要这个答复。离开居酒屋时他拦了一辆出租车，痛痛快快地回去了。

大约十天后，一个快递包裹寄到了仓田的宿舍。长宽二十乘十，六七厘米厚的一个东西。

寄件人一栏写着“胜俣健作”。寄件地址是秋田县大仙市，理由无从得知。恐怕压根儿没什么理由，胡写的罢了。

回房间打开一看，一团报纸里包着一部手机，裸机。款式是银色翻盖，此外再无可谓特征的特征。除手机外还有个信封，里面是一把钥匙。看着和一般住家的大门钥匙无异。仓田把每张报纸都展开来看了，除了手机和钥匙，就只有一根充电线。

仓田把那手机摆弄一会儿，发现通讯录里预存了一个号码。无姓无名，和那晚胜俣写在便签上的号码也不一样。大概是想让自己拨这个电话吧。

于是按下通话键，听了一阵呼叫音，但无人接听。

有电话打回来，是在大约三十分钟以后。

“实在抱歉……人一上岁数，进了厕所就难出来了。”

谁又能想到，这个男人还有如厕不打电话这么讲究的习惯呢。

“找我有事吗？”

“找你办的事，之前不是谈过了嘛。”

“但我并没有答应。”

“但你压根儿就没有选择的余地。”

只感觉“呸”的一声撞在耳朵上。

“短信看了吗？”

“还没有。”

“那就看看吧。知道怎么看吧？在收件箱里。”

仓田照做，里面确实有一条。

【辻内真人，四十一岁，文京区本驹込六丁目，Angel Heights 千石，五〇三号房，独身，Unmask your laughing neighbors】

后面跟着一排像是网页地址的字符串。

“这是什么？”

于是不耐烦的叹息声充斥在耳边。

“这就是一系列官僚遇害案的黑幕。你把那网站好好看看，预习一下，然后用附带的那把钥匙去搜他的家。个人经历、人际关系，什么都行，总之我要那家伙的个人信息。除了周三，选其他日子的白天溜进去，问题不大。”

他打算出多少钱让自己干这种事呢？报酬的问题仓田当然是在乎的，但是相比之下，如今仍有人期待他取得调查成果，这个状况令他更为兴奋。

从警视厅辞职后无所事事的那段日子，仓田只是一味地追踪着过往的案件。

简直跟狗没有两样。没事干了就用鼻子在地上蹭来蹭去，到处闻有没有案子的味道。经历过那件事后，仓田甚至干起了杀人的勾当，但如果扪心自问，直到今天他也从未怀疑过自己所持有的正义。

就像胜俣说的，或许从一开始自己就没有选择的余地。

“能不能……把状况说得再详细一点，不然的话，我到了现场里也分不清，什么情报是你一定想要的。”

“你这个人，有点意思！”

以此为开场，胜俣开始向仓田介绍调查的进展情况。

仓田的宿舍里不提供电脑这类高科技家电，也没有哪个室友拥有一台。

无奈之下，仓田到车站附近找了家网吧。

他跟前台说是第一次来这种地方，于是被询问是否需要使用包间。听那意思，应该是有被分割出来的单间可供选择。由于无法想象调查中会遇到什么状况，他姑且选了单间。

之后按指示前往B排的第十三号。包间里不足一张榻榻米大小，生生挤下了一张电脑桌和一把单人椅。如果不让那把椅子的靠背“通融”一下，向内侧开启的门几乎是打不开的。

仓田好歹挤了进去，坐下了。

电脑这东西，仓田只在当警察的时候稍微摆弄过几回。那么，应该怎么弄呢？总之，随便晃了晃应该是叫鼠标的东西，在“使用说明”的记号上敲点了一下，但是什么也没有发生。随后又进行了各种尝试，不是跳出意义不明的框框就是进入了游戏画面，调查本身毫无进展可言。

死缠烂打三十分钟后，仓田终于认命了。他忍辱来到前台，找店员帮他解决“想上网查点东西”的问题。

店员说“请在这里稍等一下”，拿给他一份装在透明文件夹里操作说明。

“啊……谢谢。”

仓田返回包间，按说明操作后，发现这件事也不过如此。原来只需在“互联网”图标上快速敲打两下就可以了。专业术语似乎叫作“双击”，学习了。

不多时，他便找到了想看的网页。

原来如此。谁，在什么时候当过什么官，干过什么事，对社会造成了什么影响，把这些东西都挨个列了出来。由于内容过于平铺直叙，反而让人感觉别有用心。

仓田在网上逛了一会儿，逐渐跳到了其他关联网站，这让他来了兴致。似乎大多数用户把该网站亲切地称为“撕破脸”，而网站的管理员也已被神话成了领袖人物。

不断跳转过程中达到的某个论坛里，有个名为“速报”的帖子。

【据传，原厚生事务次官谷川正继已在家中自杀，消息来源点这里】

点击用不同颜色标注的“这里”后，网页擅自退回到了操作说明中提到的“搜索引擎”页面，详细的报道就显示在该页面的新闻栏里。

【三十号清晨，东京都世田谷区松原的家中，发现了原厚生事务次官谷川正继（六十七岁）的遗体。被家人发现时，遗体呈上吊状态。谷川先生近来对外出感到恐惧，曾在家人劝说下前往精神科医院就诊。警视厅初步判断，死因为自杀。】

三十号，也就是昨天早上了。

【据警视厅北泽署透露，三十号清晨，谷川夫人醒来后发现谷川先生已经离床，在家中寻找时，发现谷川先生的遗体被绳索吊挂在走廊与和室之间的横梁上。夫人于三十号上午四点三十二分拨打119报警。救护车赶到时谷川先生的心肺功能已经停止，之后于上午五点四十七分在救治医院被确认死亡。和室的桌子上留有一张字条，上面写道：“请就这样放过我（们）吧。”】

返回“撕破脸”页面，在旧厚生省历届事务次官的列表中，谷川正继早已榜上有名，其在养老金改革中的事迹，以及退官后的就职履历也有被详细记述。

若只看这上面的文字，无疑会接收到当前的养老金管理混乱，全部是拜谷川所赐的暗示。如此归罪当然是毫无根据的，看的时候动动脑子也不至于得出这种极端的结论，但是粗略一读，感觉上便是如此。这与其说是揭露，更像是一种偷换概念的变相洗脑。

这种感觉究竟是什么呢……

想要改变由官僚主导的政治格局，这确实是大多数国民的期望所在，仓田个人对此也没有异议。若是遇到法律无法制裁的情况，便有必要动用法外的手段——他甚至认为这也不失为一种补救方案，而且实际上他也是这样贯彻的。

但是这件事不同，有着某种决定性的不同。

第二天，星期日的上午，仓田主动联系了胜俣。

“都准备好了，可以趁白天潜进去。”

“稍微耐着点性子，等我确认一下再给你打回去。”

据说警视厅已对过内展开了二十四小时监视，因此需要先确认那边的状况如何。

“没问题，行确班由六个人减到了四个人，现在全员都在补习班那边盯着过内，公寓那边已经失守了。”

“完事了再联系你……”

挂断电话，仓田迅速动身前往目的地附近，寻找那栋公寓楼。

Angel Heights 千石，由于建造年代较为久远，正门并没有安装电子锁，潜入进去可谓不费吹灰之力。

仓田戴上橡胶手套，走进电梯。闷热的天气让手套里很快积满了汗水。但是既然戴上了，就只好戴着它直到任务完成为止。

过内的房间在五楼。走下电梯，眼前是笔直延伸的室外走廊。所幸四下无人。右手边，越过高至胸前的外墙，可以眺望到一整片高级住宅林立的街区。

五〇三号房。仓田用胜俣寄来的钥匙轻易打开了房门，就像回到家一样完成了入侵。然而，就在户外空气被阻断的那一瞬，浑身的汗水喷涌而出。空调肯定是开不得的，但至少应该找把扇子扇扇风，否则真有可能因中暑晕倒。

仓田脱下旅游鞋，走进细长的门廊。左手边有一扇门，右手边有三扇，中间那扇拉门后面应该是和室。

于是逐个检查。左边那间是连接着浴室的更衣间。右边第一扇窄门后面是卫生间。最里面那扇门通往饭厅，进去以后正对面是碗柜。饭厅中央有一套不大的餐桌椅。过内大概很少做饭，厨房里看不到任何餐具。

与饭厅接邻的是一间相同大小的起居室。右手边有衣柜，正面是落地窗。考虑到窗户的朝向，后面应该是阳台，但此时拉着窗帘，看不到外面。衣柜与窗户的夹角处摆着液晶电视，电视前面是沙发。可能因为靠近窗户吧，这间屋最热。

仓田一边用手帕给自己擦汗一边检查衣柜，但是没发现什么重要物品。衣柜里挂着西服、衬衫、外衣，抽屉里也只有内衣和家居服。过内这个人，似乎是从不穿便装。

沙发后面有一张简约的黑色写字台，电脑就在那上面。但仓田下不定决心去看那东西。自己是如何的跟不上科技发展，前些天在网吧里已经彻底领教过了。眼下还是不要勉强自己，把“非数码”类的作业进行到底吧。

于是转而打开抽屉查看。抽屉有三层，最上面那层有锁眼，但其实一拉就开。结果里面只有纸笔用具和一些无关紧要的小物件。

第二层里放着电脑的说明书和光盘。翻开两册，底下藏着存折和印章。最下面一层深抽屉，是暂时不用的电脑配件的收纳库。

仓田恍然意识到了什么，环视四周。房间里没有书柜。书都收在哪里了？

于是折回走廊，打开拉门进入和室。六叠大小的房间里摆着一张很普通的床。一个矮书架像是取代了床头柜的功能靠床摆放。书架上有盏台灯，灯罩如垂下的花蕾一般的仿古风格。灯下是同为仿古风格的三面相框。

为避免直接用手触碰，仓田蹲下身子看照片。左边那张，是一个女人将网球拍抱在胸前的单人照。中间那张是三个在笑的年轻人，从左到右依次是女、男、男。女人和左边那张照片里的是同一个人。不好说是不是辻内的恋人。三个人都穿T恤和牛仔裤，一身的休闲装，年纪看着都不到二十五岁。最后，右边那张像是在宴会上抓拍的照片。总共拍到五个人，但只有中间两人摆了姿势。仓田对比了一下，发现就是旁边照片里的那两个男人。

两人当中肯定有一个是辻内，另一个是谁就不好说了。宴会明显是公司举办的，照片上包括那两人在内的男人们都是西服革履，角落里女人也装着很正式的短裙，但不是礼服。西服以灰色和深蓝色居多，领带的颜色和花纹则各有不同。仔细一看，远处还坐着头发稀疏，面红耳赤的中年人。

最后这张照片里，两人也是年轻时的模样。过内已经四十一岁了。这样一个中年男人，却把二十几岁时的，某个特殊时期的照片一直摆在枕边。

这里面肯定有点什么，任谁看了都会这么想吧。

仓田决定把这三张照片翻拍下来。虽然只能用手机上的摄像头，不过广告里总是说最近的手机拍照性能很好。

仓田拿着相框走到窗边，尽量选光线充足的地方拍摄。由于照片是装在相框里的，躲开玻璃上的反光费了他一番工夫，不过好歹把三个人的脸都拍清楚了。

仓田把相框放回了原位，就在这时——

公寓外的走廊里传来了脚步声，而且那声音说巧不巧地就停在这套房子门前。

等仓田意识到大事不好的时候，已经太迟了。滋啦啦，钥匙插了进来，紧接着是门闩被扳动的声音，玄关里啪的一声亮了起来。

糟了，鞋还脱在了玄关里——

然而进来的这个人似乎无暇顾及这些，一头扎进了和室斜对面的卫生间，掀开马桶盖便开始呕吐不止。穿衬衫的背影一阵阵抽动着。被深蓝色长裤裹住的腰间，并不似四十岁男人那般臃肿。套在黑袜子里的两只脚痛苦地蹬着地面。

眼下该如何采取行动，仓田一时难下判断。

要不要趁这家伙挣扎的时候悄悄溜走呢？但是又无法保证离开

这栋楼时不被任何人看到相貌。何况如果这个男人是辻内的话，行确班极有可能已经回来了。万一和他们起了冲突，自己无疑会留下案底。要是被他们围住了，恐怕连逃都逃不掉。没头没脑地冲出去绝非良策。

那么又该如何是好呢？

仓田还在斟酌，男人已经停止了呕吐，一边胡乱抽纸巾擦嘴角一边按下冲水扳手，然后，一只手扶着马桶，一只手抓住门把，勉勉强强站了起来，后退着往门外走。一瞬，男人的上半身僵住了，他似乎终于注意到了玄关里那双陌生的旅游鞋。

要行动就趁现在了。

仓田的右臂迅速从背后勒住了男人的脖子，另一只手抓住男人的左手腕，就这样拖着男人的身体往后退。只要不是精通防身术，普通人无论如何都是挣脱不开的，就算抵抗也顶多是用空出的右臂进行肘击。然而为了化解反击，仓田从一开始就站在了稍微靠左的位置。擒拿这个男人，他十拿九稳。

男人被仓田拖到了床与墙之间的夹缝里，脸朝下按在地上，两只胳膊被拧到背后。仓田在男人的侧腹部轻击一拳，男人便反射性地蜷成了“く”字，趁这个机会，仓田把双手伸到男人肚子下面，一口气拽开了衬衫上所有的扣子。见男人吓得倒吸了一口气，仓田在心里念叨着：“你可别想歪了，没人想要侵犯你。”

仓田抓着男人的后脖领，把衬衫向下扒到露出大臂，然后把下摆从裤子里揪出来，以裹住男人小臂为目的，将衬衫的上下两头系在了一起。这样一来男人的两只胳膊就不听使唤了。

接着，仓田抽出男人的腰带将其双脚捆住。到此为止，男人彻底动弹不得了。

除了嘴巴还能说话。

“你到底是谁？”

你跟一个小偷说等等，他一准儿不会等你。你问一个不法入侵者你是谁，他就有可能告诉你了？杀人犯在想什么，肯定是杀人犯最清楚了——胜俣的这句话掠过了仓田的脑海。

“别想着往这边看……放心，不杀你。”

仓田一脚踩在男人右肩上，让他断了翻身的念头。再过些时候汗会浸湿衬衫，打结的地方也会因此松动，就算仓田一走了之，男人迟早也是可以自己松绑的。

“你就是辻内真人吧？”

尽管幅度很小，男人点了点头。

“你的所作所为让我不敢苟同啊。如果有人作恶是法律制裁不了的，那就只有行使非法的手段。到此为止可以理解，也不打算否定。但是你这个人，口口声声说扳倒官员，干的事情还不是和他们如出一辙。”

辻内想把眼睛斜楞过来，但是仓田的脚踩在肩上，没能得逞。

“你自己躲在网络的暗处，处心积虑提供情报给那些和官僚有仇的人，让他们下手。事后那些人被抓，但你不会。因为在杀人这件事上你只管播种，然后坐享其成。明知道是恶政和恶法仍然让它通过，出了问题就换掉大臣……有什么区别，和你恨之入骨的那些官员的做法一模一样吧！”

辻内咬着牙，无论如何都想要瞪视仓田。

“有什么办法……”

声音像是被扼杀了感情，从牙缝里挤出来的。

“敌人不是一个人，不是一个组织，而是一种体制。已经烂到根的，由官僚主导的体制，实在太根深蒂固了。为了让它土崩瓦解，必须用体制去对抗体制。那种体制……就是撕破脸。”

若只听他一面之词，或许会认为他言之有理，但是——

“如果真像你说的那样，你的做法就太让人不敢恭维了。真看官僚不顺眼的话，也要做到‘一人一杀’。”

辻内哼笑似的喷出鼻息。

“一人一杀啊……”

那笑声变得越来越夸张，两脚之间也因为出汗变得湿滑起来。仓田觉得自己越来越难按住这个人了。

“我是不会被捕的，至少不会栽在警察手里。”

顺着额头淌下的汗渗进了仓田的眼睛里。

一瞬间，他失去了对眼前景象的把握，大脑也随之发生了空转。

自己到底该拿这个男人如何是好呢？

版权登记号：01-2016-1734

图书在版编目（CIP）数据

感染游戏 /（日）誉田哲也著；颜尚吟，丁楠译．—北京：现代出版社，2019.4

ISBN 978-7-5143-7498-8

Ⅰ．①感… Ⅱ．①誉… ②颜… ③丁… Ⅲ．①推理小说－小说集－日本－现代 Ⅳ．①I313.45

中国版本图书馆 CIP 数据核字（2018）第 259437 号

感染游戏

作　　者　〔日〕誉田哲也
译　　者　颜尚吟　丁　楠
责任编辑　赵海燕　王　羽
出版发行　现代出版社
通信地址　北京市安定门外安华里 504 号
邮政编码　100011
电　　话　010-64267325　64245264（传真）
网　　址　www.1980xd.com
电子邮箱　xiandai@vip.sina.com
印　　刷　三河市南阳印刷有限公司
开　　本　890mm×1240mm　1/32
印　　张　7.5
字　　数　162 千字
版　　次　2019 年 8 月第 1 版　2019 年 8 月第 1 次印刷
书　　号　ISBN 978-7-5143-7498-8
定　　价　36.00 元

更多精彩

尽在“只读文化工作室”官方微博

感染游戏

〔日〕誉田哲也｜著　　只读文化工作室｜出品